長編新伝奇小説
書下ろし
ソウルドロップ虜囚録

NON NOVEL

上《か》遠《ど》野《の》浩《こう》平《へい》

メイズプリズンの迷《めい》宮《きゅう》回《かい》帰《き》

祥伝社

CONTENTS

Illustration／斎藤岬
Cover Design／かとうみつひこ

「何を恐れているかって？　それは心配とか恐怖とかじゃない。それはあまりにもよく知りすぎている一つの〝無〟というものなんだ。すべてが無で、人間も無で、ただそれだけの話で、光はそれが必要とするすべてなんだ」

――アーネスト・ヘミングウェイ〈清潔な明るい場所〉

……その部屋はやけに陽光が差し込んできて、明るい空間になっているのが、逆に不自然な感じがした。天井の照明も充分すぎるほどで、とてもここが、

（刑務所の中とは、やっぱり思えないわね……）

と、東瀫奈緒瀬《ひがしおりなおせ》は、ここに来てから何度も思ったことを、また考えていた。

彼女と部下たちは、それなりに広い部屋にいた。そこは面接室と呼ばれている場所で、何人かの受刑者にいわせると〝ムショの法廷〟みたいなところだという。いわゆるふつうの面会室だと、親族でないのに囚人に会うのは、いろいろと書類手続きが必要だというので、いっそのこと所長代理として尋問してくれ、といわれたため、彼女はここにいるのだった。東瀫の一族は、警察や司法のトップにも顔が利《き》くので、こういうゴリ押しもきくわけであった。

「……代表、まだやりますか？」

横にいる部下が訊《き》いてきた。奈緒瀬も渋い顔であるが、

「……もう少し、続けてみましょう。次の囚人を呼んで」

と言った。

やがて、刑務官に連れられて来た囚人が、開けられたドアから室内に入ってきた。

「七十八番、谷山《たにやま》です」

囚人は、部外者の奈緒瀬たちを見て、面食らっているに違いないのに、強張《こわば》った顔でそう名乗った。

刑務官は、では、と言って部屋から出ていった。そういう打ち合わせがされているのだ。だが残された囚人の方は、何が始まるのかと怯《おび》えた眼になっていた。

「さて――谷山さん」

奈緒瀬は口を開いた。

「まず最初に言っておくが、ここで話したことは、外では一切、他言無用だから、そのつもりで。ほかの受刑者とも、話してはいけない——もし、そのような事実が発覚したら、所長に頼んで、あなたの仮釈放の申請は今後すべて却下されることになるので、心してください」

男しかいないはずの刑務所にいる、奇妙な若い女からいきなりそう言われて、谷山という囚人はとまどいを隠せない様子だった。だがそれでも彼はなんとか、

「は、はい。わかりました」

と答えた。囚人は、お上《かみ》に対して服従することが習慣になってしまっているので、素直にそう返事をした。これが特別な尋問なのだ、ということだけは、嫌でも理解したようであった。

「よろしい——では質問をはじめます。知っていることだけを答えて、知らないことを適当に言わないように。いいですね？」

「はい」

「あなたは、双季蓮生《そうきはすお》という男と、この所内で顔見知りでしたね？」

「え？」

いきなり別の人間のことを訊かれて、谷山は虚を突かれたようだった。しかしすぐに、

「は、はい。知っています。同房だったことはないですが……」

「親しかったのですか？」

「いや、そんなに気心が知れていた、って訳じゃないですが……いちおう、ソーさん、タニさん、って綽名《あだな》で呼びあうくらいには、仲が良かったですが。工場が一緒だったんで」

「それは知っています。休憩時間には、いつも話をしていたのですか？」

「いつも、って訳じゃなかったですが……まあ、割と話していた方だと思います。他の者とも話しますから……」

「それはどんな話ですか?」

「いや、ふつうの……ありきたりの話で……」

谷山が困っていると、奈緒瀬は、

「たとえば、双季蓮生が犯した罪について、本人から説明を受けたことはありますか?」

と鋭い口調で訊いた。谷山はぎょっとした顔になり、

「い、いや……それは聞いていません。ソーさんは一度も、その手の話をしなかったんで……みんな、陰では何したんだろうって噂《うわさ》してましたけど……誰も知らなくて」

「しかし、彼の刑期が長いことから、おおよその判断はついたでしょう? それについてはどう思いましたか」

「……は、はあ……まあ、殺しなんだろう、とは思っていましたが……でも、ホントに言わなかったんで……」

谷山はしどろもどろになってきた。奈緒瀬はそんな彼をジロジロと見ていたが、やがて、

「……まあ、これは正式な尋問でもないですから──そんなに深刻に考えられても話が進みませんね」

と言って、横の部下に目配せした。部下は無言でうなずいて、そして立ち上がって、谷山のところに何かを持っていった。

「えっ! こ、これは──」

谷山の顔色が変わった。彼の手に渡されたのは、塀《へい》の外ではごくありふれた、つまらないもの──餡《あん》パンと牛乳のパックだった。

「ここでの会話は、一切記録されません。ここで起こったことも、外の刑務官には知らせません──それをどうしようと、あなたの自由です」

奈緒瀬がそう言うと、谷山は、信じられない、という眼になったが、すぐに餡パンに齧《かじ》りついて、そして牛乳を焦《あせ》り気味に飲みだした。飢えた犬が三日ぶりの餌《えさ》にありついたときのような、乾いた砂漠に

水が吸い込まれていくかのようなその様子は、この世にこんなにうまいものがあっていいのか、というような感じでさえあった。

……塀の中では、どんなに外では酒飲みだった者でも、ほとんどが極端な甘党になってしまう、という。お菓子が出されると、むさぼるように喰わずにはいられなくなるのだという——そう、他愛《たわい》ない餡パンが、ここではとんでもなく有効な〝賄賂《わいろ》〟になってしまうのだ。

がつがつと眼の色を変えて餡パンをむさぼる男を奈緒瀬は、ややうんざりしたような顔で観察していたが、彼が食べ終わる寸前になって、質問を再開させた。

「あなたが知る限りでは、双季蓮生は誰にも自分の罪状を明かさなかったのですね？」

「は、はい。そんなことは普通はないんですがね。どんなに隠そうとしても、誰かは知っているもんなんですが。もしかすると、センセイたちも知らなかったんじゃねーか、とも言われてましたよ」

センセイ、というのは刑務官などの刑務所職員関係者全般を指していう言葉だということは、奈緒瀬もわかっている。

「彼は、そのことで皆から迫害されていたというようなことはありますか」

「いや、それが不思議なトコで、お高くとまっているヤツは、たいてい嫌われるもんなんだけど、ソーさんに関してはそういうことは、まったくなかったなあ」

餡パンを食べ終えて、まだ少しうっとりとした表情のまま、谷山はぼんやりとした口調で言った。

「なんてのか、尊敬されてた、っていうとヘンだけど、そんな感じだったんだよ」

「それは、迫力があって、威圧していた、というようなものではない、と？」

彼女が訊くと、谷山は一瞬きょとん、とした顔になって、それからゲラゲラと笑い出した。

しかし、奈緒瀬と部下たちは、別にそれに驚いた様子もなく、平然としている。この問いを、彼女たちは別の四人たちにも、さんざんしていたのだ。そして、その反応はみな同じだった。

「――おかしいですかね？」

「い、いや――迫力ってのが、ソーさんにあんまり似合わないもんで。あの人は、ほんとに気さくなじいさんだったから」

「なるほど――恨《うら》まれている様子はなかった、と。特別に親しい仲間もいなかったが、敵もいなかった、と」

「なんか、はっきりとしたもんじゃないんだけど、噂っていうのか、ここそこ言われていたことじゃ、ソーさんは昔、どっかの有力者に楯突《たてつ》いて、それでムショにぶち込まれたって話だったからさ。そういう感じの人って、やっぱ一目置かれるんだよ。なんつったかな――なんか、アズマドノ、とかなんとかいう名家らしいんだけど」

それは〝東澱〟というのだ、とは、もちろん奈緒瀬は言わない。なるほど、とただ淡々とうなずくだけだ。すると谷山は、少し声をひそめるようにして、

「あのさ――お嬢さん。あんたはセンセイたちとは関係ないみたいだから、言ってしまうんだが、あれは、ホントなのか……？」

すがるような眼で、谷山は奈緒瀬を見つめてきた。

「…………」

奈緒瀬は、少しため息をついて、そして、

「それは――双季蓮生は脱獄したのか、ということですか？」

と言った。

「や、やっぱりそうなのか？　ソーさんがとつぜん消えちまったのは、別のトコに押送《おうそう》されたからじゃなくて――本当に、脱獄できたから……なのか……？」

谷山は、震える声で訊いてきた。それを奈緒瀬は冷たい眼で見ていたが、

「あなたは、あと何年ですか?」

と訊いた。

「さ、三年だが……」

「双季蓮生は、何年だったか知っていますか?」

「いや……しかし、相当に長かったんだろう?」

「彼には、仮釈放の可能性がなく、しかも無期でした。そのままだったら、彼は決して外には出られない人間だった……しかし、彼にはそれを嘆いている様子はなかったのですね?」

「そ、そんな——いや、そうだ。ソーさんは、あと何年とか、全然言わなかった……泣いてるところも、見たことがなかった……」

「囚人は、泣くものですか?」

「泣かない奴の方が珍しいのが、刑務所だよ……」

谷山はぐったりした様子でうなだれた。その彼に、奈緒瀬は肝心《かんじん》の質問を始めた。その問いをするために、彼女はこの囚人と話していたのだ。

「あなたが、双季蓮生と最後に会ったのはいつでしたか」

「あれは——そう、運動場で見かけたのが、最後だった……その後で、みんなで集合して、番号、っていったときにソーさんがいなくて……少し騒ぎになったけど、すぐに別のセンセイが来て、少し話し込んでいたと思うと、それっきりだった。ソーさんは消えたんだ。みんながいたはずの、塀《へい》で囲まれた運動場から、煙のように——消えちまった」

呆然《ぼうぜん》とした表情で、谷山は首を何度も何度も左右に振った。

「別のところにこっそりと押送されちまったんだ、っていう奴もいるけど、なんか、そんな感じにも思えなくって、だから——やっぱりソーさんは、なんとかやり遂げたんじゃねーか、って……」

「脱獄を、ですか?」

「そう……そうだ……でもそんなこと、できるわけ

もねーんだ……」

　谷山はぶつぶつと、弱々しく呟《つぶや》きながら声を小さくしていく。そこに奈緒瀬は言葉を被《かぶ》せた。

「そのとき、あなたが最後に双季蓮生を運動場で見たとき、彼は……誰かと一緒にいませんでしたか?」

「え?　あ、ああ……そういえば、誰かと話していたな。塀にもたれかかって、二人で……」

「そのもうひとりは、誰だったんですか?」

「ええと……誰だったかな。これといった特徴がないヤツで、ちょっと思い出せないな……」

「思い出せない?　あなたは、自分と一緒に運動場に出る者の中で、知らない人間がいるんですか?」

「バカ言うな、みんな知ってるよ。狭い塀の中じゃ、みんな顔見知りにイヤでもなっちまうよ」

「それなのに――そのときに誰が、双季蓮生と話していたのか、思い出せないと?」

　そう言われて、谷山はぎょっとした顔になった。

　そのことにはじめて気がついた、という顔をしていた。

「そ、そうだ――その通りだ。なんで覚えてねえんだ、おれ……?」

　がくがく、と妙に神経質な様子で震えだした。

「で、でも……もう薬なんて、何年もやってねーのに、そんな、幻覚なんて――」

　不安にさいなまれはじめた谷山を見て、奈緒瀬は、

「――もう結構です。ありがとう」

と、話を切り上げた。それ以上話していても、無駄だと判断したのだった。

「……やれやれ」

　奈緒瀬は谷山を送り出して、ため息を盛大についた。

「これで、ほぼ間違いないというしかないでしょうね――サーカムの規定でも、五人以上の人間の証言があれば、これを認定するということらしいし

――」

「しかし代表、この件は我々にとっては非常にデリケートなものです。それに今回の五人の囚人たちの証言も皆〝誰だか思い出せない〟というもので、別々の人間に見えていたわけではないようですが――ペイパーカットと断定するのは早計ではないでしょうか？」

その単語を、不用意に部下が口にしたので、奈緒瀬は彼を少し睨《にら》みつけた。彼ははっと気づいて、

「し、失礼しました」

と詫《わ》びた。奈緒瀬も、それ以上は特に叱責《しっせき》もせず、あらためて机の上の資料に眼を落とした。その資料に関しては、この刑務所から外には出せないといわれたものだ。

そこには〝双季蓮生〟という名と、完全に白髪の老人を撮《と》った写真が貼り付けられていた。刑務所内での成績も記載されている。問題らしい問題は、長い服役生活中に一度も起こしていないようだった。


（しかし……はっきりしていることは、この男はどこの刑務所にも押送なんかされていないし、現在地もまったく不明という、そのことだわ――東澱の圧力で、その事実は伏せさせているけど――双季蓮生、こいつがペイパーカットと接触していたとして……それがどうして、脱獄につながるのかしら……？）

この情報は、サーカムの連中もまだ摑《つか》んでいないものだ。このことを、あの二人組に知らせるべきだろうか――？

奈緒瀬は少し悩んだが、やがて首を左右に振った。そして、

「……サーカムの伊佐《いさ》俊一《しゅんいち》は、今どこにいるか、わかる？」

と部下に向かって訊《たず》ねかけた。

Labyrinthine
Linkage of
Maze-Prison

メイズプリズンの
迷宮回帰

CUT/1.

Yuka Nisiaki

閉じこめられた想いは、くるくる廻る木の葉

――みなもと雫〈ネバー・リメンバー〉

1

ペイパーカット、そう呼ばれている存在があるという。

それは銀色をしていて、見る者によって、まったく違った姿に見えるのだという。人によっては泥棒と呼び、人によっては殺し屋と呼ぶ。それが現れるところ、かならず誰かが生命を落とすことになるからだ。そしてその現場に〝予告状〟を残し、かならず何かを盗んでいくことから、怪盗と呼ばれることがもっとも多いという――それでも、ほとんどの人間はそんなものの存在などまったく知らないまま、人生を過ごすことになるのだが……。

（あたしは、どうなんだろう……）

十七歳の少女、西秋有香《にしあきゆか》は自分が深く関わってしまったその事件のことを振り返って、なお茫然《ぼうぜん》としている。

（あたしは、ペイパーカットに……関わったということに、なるんだろうか……あたしが知っているのは、ただ双季蓮生という、あの優しい雰囲気をまとったおじさんだけ……）

海を前に、ただ立ちつくす彼女の背後で、太陽が沈んでいく。雲が多く流れている中の夕陽は、さながらそらに真っ赤な綴《つづ》れ織りの絨毯《じゅうたん》を敷き詰めてあるような、見事な夕焼け空になっていた。

水平線の向こうからは、もう暗い闇が迫ってきている。

（あたしは知らなかった……あのひとが、実は〝脱獄囚〟だったってことも、なんにも知らなかった……どういう想いで、あたしなんかと一緒にいてくれたのか……全然わからない、そう、今でも……すべてが終わったのに……）

あのときもそうだった、と彼女は思った。双季さんと初めて会ったときも、こんな風な夕焼け空で――。

＊

その公園は小高い丘の上にあって、見おろせば街並みが一望できた。夕焼けにそまった赤い街は、なんだかどれもこれもレンガを積み上げただけのニセモノみたいで、ひどく現実感がないな、と西秋有香は思った。

「あーあ……」

彼女は、ここのベンチに座ってから、いったい何度目になるのか自分でも思い出せないくらいに重ねてきたため息を、さらに一つ追加した。

ベンチの上には、彼女が持ってきた大判封筒が置かれている。それは少女が持ち歩くには、少しばかり不似合いな代物《しろもの》だった。

有香は十七歳の少女だが、学校には行っていない。ついこの前まで母親と二人暮らしをしていたが、彼女が連れ込んだ新しい男が気に入らなくて、家を出て、そして半月が過ぎて、そのままである。この間までは友だちのアパートに転がり込んでいたが、そこも居づらくなって、そして——有香は嫌々だったが、父親に会いに行くことにした。だがそれも、ろくな体験ではなかった。

(あんなところ、人間がいるトコじゃないわ……私はイヤだわ)

気が滅入《めい》ってきて、思わずうなだれた彼女の眼に、腰掛けたベンチの下に転がっているゴミみたいな塊《かたまり》が映った。

「ん?」

彼女はなんとなく、それに手を伸ばした。

思ったよりも軽かった。

それは小さなマスコット人形だった。なんか、どこか南米の呪術《じゅじゅつ》に使う人形とかなんとか、そういうものを可愛らしくアレンジした、みたいなデザインである。

薄汚れていて、でもそれは土埃《つちぼこり》にまみれている

から、というよりも、

（ずいぶんと、古いものって気がするけど……）

だいぶ年代物という感じがした。だとしたら、一度は大事に取って置かれた物が、最近になって「やっぱりいらない」とかいわれて捨てられた物なのか――落とし物、というには、それは少し汚れすぎていた。

「……見捨てられたの？　あんたも」

有香はおどけた調子で、目の前に人形をぶら下げて、話しかけた。

「あたしもねえ――なんか、みんなから見捨てられてる感じよ、まったく。どうすりゃいいんだろうね、あたしたちは、さ。あんた、名案ある？」

人形は、半分笑っているような顔で、ぶらぶら揺れている。呑気《のんき》そうな印象もある。

「笑ってる場合じゃないのよ。あんただって、捨てられちゃったんだから――どうするか、覚悟を決めないと――」

そんな風にふざけていたら、ふいに後ろの方から、

「覚悟ですか？　おだやかじゃないですねえ――」

と、いきなり声を掛けられたので、わっ、と有香はびっくりしてベンチから転げ落ちそうになった。

振り返ると、そこには人なつっこそうな笑顔を浮かべたお爺《じい》さんがひとり立っていた。

「え、えと――」

てっきり公園には自分だけしかいないと思っていたのに、どこにいたのだろう？　足音も特にしなかったように思うのだが……。

「もしかしたら、と思うのですが――まさかお嬢さん、そこの丘から身でも投げるつもりではありませんよね？」

お爺さんがそう訊いてきたので、はっ、と我《われ》に返った。

手にしていた人形を、あわてて後ろ手に隠して――そのまま、特に考えもなく彼女はそれをジーパ

ンのポケットにねじ込んだ——あわてて首を横に振った。

「あはは、まさか。ただちょっと、ぼーっとしてただけよ」

「そうですか？　しかし——」

老人は心配そうな眼差《まなざ》しを有香に向けてきた。

「なんだか、思い詰めたようにも見えましたが」

「いやいやホントに、なんでもないって——」

と言いかけて、なんだか自分は、ちょっと失礼な言い方をしているかな、と感じたが、目の前の老人はそんなことにはまったく頓着《とんちゃく》していないようで、ひどく正面から彼女のことを見つめてくる。

「……えと」

有香は少し口ごもってしまい、そのまま沈黙がその場に落ちた。

「…………」

「…………」

そうして少女と老人はしばらく見つめ合っていたが、やがて老人の方が、にっこりと笑って、

「まあ、生きていればめんどうくさいことも多いですからね。気がふさぐことも、別にそれほど珍しいことではない」

と、穏《おだ》やかな口調で言った。有香はなんとはなしに、ほっとするものを感じて、

「そ、そうそう。そうなのよ。色々とめんどうくさいって、そういうことで」

とうなずいた。

老人はそんな彼女を、妙に優しい眼で見つめている。その警戒心のない瞳を見て、有香は、

(そうだ、この人の良さそうなお爺ちゃんを利用してやるか)

と意地悪な考えを思いついた。

「あのう、おじさん？　この辺の人？」

じいさん呼ばわりは、やっぱり失礼に聞こえすぎるかと思って、彼女はそう訊いてみた。すると老人は首を横に振って、

「ここには、少し立ち寄っただけですよ。あなたと同じでね」

と答えた。有香はドキリとして、

「――どうして、あたしがここの人間じゃないって思うの?」

と訊くと、老人は微笑んで、

「いや、なんとなくそう思っただけですよ。違いましたか」

と穏やかな調子で言った。有香は少しひるんだが、しかし今晩は泊まるところもないのは事実であり、なんとかしなければならない。彼女はそこで首を、やや大袈裟《おおげさ》に振って、

「いやいや、実はそうなのよ。友だちをアテにして来たら、彼女、なんだか旅行に行っちゃってて――どうしようか、って思ってたの。帰りの切符はもう買ってあるから、今晩は行くところがないのよ――」

甘えた声で嘘を言って、ちら、と上目遣《うわめづか》いで老人を見つめてみる。

誘っている、というしかない構図である。しかし有香は、そうやって金だけ騙《だま》し取って、隙《すき》を見てさっさと逃げることしか考えていない。そういう手口で男を引っかけたことは、これまでに何度かあるのだった。未成年に手を出しかけたということで、表沙汰《おもてざた》になって困るのは男の方なので、まずしつこく追われたりはしない――と、タカをくくっていた。

しかし、ここで老人はこれまで彼女が出会ったことのない、奇妙な反応をした。

微笑《ほほえ》みが崩れず、そのままの顔で、老人は彼女に静かに言った。

「しかし、あなたには、行く手を遮《さえぎ》る塀はないいんじゃありませんか?」

あまりにもさらりと言われたので、一瞬、意味が取れなかった。

「……は?」

「あなたがどこに行こうが、それを止める者はいない——監視もされていないし、罰《ばつ》を与える者もいない。どこに行こうが、あなたの自由——そうじゃないんですか？」

「……え、えと？」

「行くところがないんじゃない、決まっていないだけでしょう。しかし、世の中にはそれを禁じられている者もいるでしょう？　どうですか」

老人は、まっすぐに彼女を見つめている。その迷いのない眼差しを見て、有香は、すーっ、と血の気が引くような感じがした。

「……あ、あの、まさか、おじさん——知ってるの？　見てたの？　あたしが、この街の、どこから出てきたのか——」

その彼女の言葉に、老人はやや肩をすくめるような仕草をして、

「いいえ、もちろんそんなことはありませんよ。しかし——あなたには、ある類《たぐい》の人間に共通する陰がありますよ。そう——」

老人はうなずいた。

「それは〝身内に受刑者がいる〟ことから生まれるものですね。本人は隠しているつもりでも、どこか後ろめたい空気をまとっている」

「…………」

有香の顔が強張った。しかし、彼女はすぐに「はっ」と吐き捨てるように息をついて、

「そうよ。あたしの父親は、あそこの刑務所に入っているのよ」

と、眼下に見おろす街の中で、一際大きな区画を指差した。そこはひたすらに高い塀に囲まれた場所だった。

「あの中にいる者たちは、実はそれほど不幸ではないのかも知れない。本当に不幸なのは、外にいる関係者の方なのでしょうね——」

老人はその塀の向こう側を、遠い眼をして見やりながらそう言った。

「……もしかして、おじさん」

有香は、なんとなく感じたことを口にした。

「あんたも、その――あの中にいたことがあるの?」

それは、何の根拠もない直感だった。だがそれを訊いたときには、彼女はもう、それが間違いのないことだということが、なぜかわかっていた。そして老人の方も、なんの躊躇《ちゅうちょ》もなく、

「はい、そうです。ついこの前まで、私はあの中にいました」

と即答した。

「じ、じゃあさ、箱崎憲次《はこざきけんじ》って男に会ったことなかった? 詐欺で捕まったヤツで、いや、それが親父なんだけどさ――」

「いや、私があそこから出たときには、まだそういう名前の人は入っていなかったようですよ。きっと、ここに最近になって移送されてきたのではないですか?」

「あ、ああ――そう、そうだったわ。こっちに行きましたから、って連絡があったんだから……それで、ママがちょっとイラついて、もう関係ないとか言ったんで、あたしとケンカになって、それで……だもんね」

有香はため息をついた。あんまり思い出したくないことであった、その辺は。彼女と母親がケンカしているのを見ながら、ニヤニヤしていた母親の新しい男のことも、まったく意識の上にのぼらせたくもないことであった。

「あーあ……」

有香ががっくりとうなだれてしまうと、老人は、

「あなたには、やはりめんどうくさいことが多いようですね」

と優しい口調で言った。

「まあね――」

有香は苦笑《にがわら》いを浮かべて、そして、

「あたしは有香っていうんだけど、おじさんの名前はなに?」

と訊いた。これに老人は、

「私は、双季蓮生といいます」

と、すぐに名乗った。

「ソウキ？　変わった名前ね？　どういう字を書くの？」

「双子の季節、ですよ。わかりますか」

「ああ、なるほどね。で……あ、あのさ――双季さん？　あんたもその、刑務所の中にいたんでしょ。中にいる人が、外にいる人間にあれこれ頼むってのは、これはやっぱり悪いことなわけ？」

有香は、少し切羽詰《せっぱつ》まった口調で訊ねると、双季は、

「そうですね。一概には言えませんが、かなりのことが〝不正連絡〟として扱われますね。特に経済活動に関するやりとりは、ほぼ禁止ですね」

「経済？」

「塀の中からの指示で、外の者に金儲けをさせることは許されないんですよ」

「ああ、やっぱり……そうなんだ……」

有香の顔が少しひきつった。それを見て双季が、

「なにか言われましたか――面会の時に？」

と訊いてきた。有香はやや口ごもったが、すぐに、

「いや――実はそうなんだけど」

と、ぽろりと白状してしまった。それからあわてたように、

「いや、別にまだ、何かをしたってわけじゃないのよ？」

と弁解した。

この、やや冷静さを失っている少女に、双季は、あくまでも落ち着いた口調で、その提案をした。

「――あなたに、行くところがないのなら……道は、自分で拓《ひら》かなければなりませんよ」

「え？」

有香は顔を上げて、双季を見た。そのとき時間設定で、夕方になると点灯する公園の外灯が、ぱぱ

っ、と灯《とも》った。

その光に照らし出された双季蓮生の姿を、有香はこのときに初めて、はっきりと見た。

「わ……」

彼女は、息を呑んだ——老人の髪の毛が、思っていたよりも、ずっと……、

「な、なんか……銀色じゃない？」

白髪、というには、それはやけに光を反射するように見えた。

すると双季は、ふふっ、と含み笑いを洩らして、

「そんなことを言うのは、あなたが出会ったことがないからですよ——そう、ほんものの〝銀色〟とね」

と、不思議なことを言った。

「え——」

と、意味のわからない有香が口をぽかん、と開きかけたとき、風が吹いた。

そしてその風で、有香がベンチの上に置いていた封筒が、ふわっ、と飛んでしまった。

「あ、ああ！　ま、待って——」

彼女はあわててそれを取ろうとした。風はそれほどのものではなかったので、封筒はすぐに下に落ちた。だが宙で一回転したので、中に入っていた一枚の紙が、外にこぼれ出た。

そのメモ用紙のような、やや薄手のカードを双季が拾い上げて、そしてそこにワープロ印字されている文章を読み上げた。

「——〝この文章を読んだ者の、生命と同等の価値があるものを盗む〟……ですか」

「あああ、もうなんでもないの！」

有香は双季の手からカードを引ったくった。急いでそれを封筒の中に戻す。

この封筒——これは父親が、母のところに残したままだったバッグの中にしまわれていたものだった。中には金目の物なんか何にもなかったので、母はほったらかしにしていたのを、家を出るときにつ

いでに持ってきたのである。そしたら面会の時に、あの封筒はまだあるか、とか意味ありげなことを訊かれて——もちろん面会の時には横に見張りの人がいるので、それ以上の話にはならず、今、まさに自分がそれを持っている、ということも、父親には言えなかったのだった。

「そう、なんでもないって——あはは」

彼女は強張った笑いを浮かべた。

すると双季は、やはり変わらぬ落ち着いた表情のまま、

「——知っていますよ、それを。そう……確か、その紙切れが転がっている事件では、サーカムとかいう保険会社が、多額の補償金を支払ってくれるという——そういう話でしたね」

と言った。

「……え？　なんで——」

有香の眼が丸く見開かれて、そのまま固まった。

その彼女に、双季はうなずきかけてきた。

「あなたのお父さん——詐欺で捕まった、ということでしたね。そしてそのカードに書かれた文面は、彼が、実行することの叶《かな》わなかった〝ネタ〟というわけですね」

「い、いや——べつに……」

「お父さんは捕まっている。何度も尋問されたはずで、裁判にも掛けられた。そして刑も執行されている。それでもそのカードのことは、まだバレていない——そうですね？」

「……いや、だから……」

「あなたは、それをどうする気なんですか？」

双季の静かな言葉、それは質問ではなかった。

そう、それははっきりと、誘惑だった。

2

「——間違いなく、これは偽物だね」

その、ひょろりと背が高いだけで特徴のない男

は、そのカードをちらと一瞥《いちべつ》しただけで、そう断定した。

「まあ、そうだろうな」

横にいるサングラスの男も、顔をしかめながらうなずいた。

「だいたい、文字をワープロで打ってあるじゃないか。こんな例はまったく報告されていないぞ」

ぱっと見では信じがたいことであったが、この二人は外資系の一流保険会社の調査員《オプ》だという。やる気のない美大生のような男に、ギャングにしか見えない男の二人組で、どんな信用調査をするというのか、大いに疑問を感じずにはいられない。

千条雅人《せんじょうまさと》と伊佐俊一。それが二人の名前だった。

「郵送されてきた、というのもはじめてだね」

特徴のない男、千条はカードをくるくると回しながら言った。

そこは、街の古い骨董品《こっとうひん》店だった。

二人の前には、先日亡くなったばかりの夫に代わって、この店の管理をしている老婦人が、おどおどしながら座っていた。

そして婦人の隣には、彼女からの通報を受けて県警から派遣されてきた麦田泰洋《むぎたやすひろ》刑事が座っていた。

(なんなんだ、こいつらは……)

麦田刑事は、伊佐と千条の二人にとまどっていた。どういうわけか警視庁から直々《じきじき》に、こんな得体の知れない連中に「できるかぎり協力せよ」といわれたのだった。

「あ、あの……本当にその、私どもの方には保険金をだまし取ろうなんて考えはなくて……いきなりそれが送られてきて……」

老婦人がおびえるように言うと、千条が、

「いえいえ、何の問題もありません。堂々と保険金を受領なさってください」

「で、でも……別にその保険に、入っていたわけでもないのに……」

「支払いは、扱いとしては損害賠償と同じような形になりますので、別に以前よりのご加入の必要はありません。あなたは堂々と、我々サーカム保険の申し出を受けてください」

まったくの無表情でしゃべるので、それが真剣なのか、とぼけているのか今ひとつ判別がつかない。

するとサングラスの男が横から、

「心配でしたら、地元の弁護士会に相談してくださ い。もちろんその際の相談料も我々が負担しますので。とにかく……我々はこの極めて悪質な脅迫事件に対して、社をあげて断固とした対応をしているのです。あなた方には大変なご迷惑をおかけして、申し訳ないと思っています――」

と言って、深々と頭を下げた。礼儀正しいが、それが却《かえ》って脅《おど》しているようにもみえてしまう。

……そもそもこの事件の、事の起こりは三日前にこの骨董品店に一通の封筒が郵送されてきたことに始まっている。この店は一ヶ月前に主人を亡くし、店をもうすぐたたむように整理が始められたばかりだった。

封筒には差出人の名前もなく、その時点で怪しいと思われたが、中身はもっと怪しかった。そこには一枚の紙切れが入っていて、そして「それをサーカム保険というところに見せれば、多額の保険金が転がり込んでくる」という手紙が同封されていたのだった。

あからさまに詐欺臭いので、すぐに手紙ごと警察に届け出たのだが、警察も最初はただの悪戯《いたずら》だろうとまともに取り上げようとしなかったのが、サーカム保険そのものに連絡が入った時点で、急に事態が動き出したのだ。まずサーカムからこの二人組が押し掛けてきて、警察の方も所轄の署長のところに警視庁から直々に、すぐに対応しろという命令が下されたのだった。しかし――

(対応しろ、といわれても――具体的な事件性など、まだどこにも発生していないのに……)

麦田刑事は、あまりにも不透明な事の成り行きに苛《いら》立《だ》っていた。

「それで……ご主人が倒れられていたのは、どの辺だったのでしょうか？」

　千条が急に、ぶしつけに訊いてきた。

「え？」

　老婦人はギョッとした顔になった。だがここで伊佐の方が割り込むように、

「それについては、おそらく考慮の必要はあるまい」

　と注意するように言った。

「しかしだね、万が一の可能性としては、実際にペイパーカット現象が生じていたこともあり得るんじゃないかな」

「それを今、ここで確認する必要がないと言っているんだ。こちらの方は現在、ただでさえ混乱されている……よけいなことを訊くのは失礼だ」

「なるほど、確かに緊急性はないね。どうも失礼しました」

　千条は機械的に、頭だけを下げた。

　ここで麦田刑事はすこし腹が立って、

「……説明してもらえないかね。そのペイパーカット現象とやらは、いったい何のことだ？」

　と語気を荒らげて訊いた。そう、どうやらこの二人は、その現象とやらを調査するために送り込まれてきたらしい。これは警視庁からの指示にも入っていた。彼らの調査には協力するように、と——しかし何を調べているのか、こいつらははっきりしたことを言おうとしないのだ。

　すると伊佐が、やや顔をしかめながら、

「あんた、上から説明を聞いていないんだろう？　だったら知らない方がいい」

　と突き放したように言った。

「な……！」

　警察を馬鹿にしたようなその言い方に、つい麦田刑事の頭に血が上りかけた、そのときだった。

　ぷるるる、と店の電話が着信を告げた。

老婦人が、ギョッとした顔で伊佐たちの方を見る。

伊佐はうなずき、そして麦田のことをちらりと見てから、かねてからの打ち合わせ通りに自ら電話に出た。

「――もしもし」

出たのが彼だったためか、一瞬電話口の向こうで息を呑むような気配がした。しかしすぐに、やや歳を取ったような男の声で、

〝ああ――あなたはサーカムの人ですね？〟

と言われた。ずいぶんと穏やかな声だった。

「そうだ。店の者は、正直なところ混乱しているので、我々が直接交渉した方が早いだろう」

〝なるほど、理に適《かな》っていますね〟

「そちらは何者だ？」

単刀直入《たんとうちょくにゅう》に訊く。しかしこれにはくすくすと笑い声が返ってきて、

〝まさかこの場で、すぐにはいはいと答えるとは思っていないでしょう？〟

と言われた。ずいぶんと落ち着いた声で、うわずっているような響きはどこにもない。

「この店の関係者のことは調べた――しかし、そちらに該当する人物はいなかった」

〝それはご苦労様でした。だから手紙には、ただ連絡を待てと書いておいたのですがね〟

「あんたが店の者でないのなら、どうやってこの予告状が落ちているのを拾うことができたんだ？ それに――」

伊佐の声の方が、多少強張っていた。

「――どこでペイパーカットのことを知ったのか、それだけは教えてもらわなければならないな」

〝信頼性の確認ですか、慎重ですね。しかしこちらとしては、別にそこまでしてそちらに協力する必要はないんですけどね――ペイパーカットに狙われたくはないですから〟

その言い方に、伊佐の眼が鋭くなった。

「……ペイパーカットが、なんなのか知っているのか？」

〝さて――私が説明できるかどうかは別として、あなたがどう思っているのか、それはなんとなく想像がつきますね――残虐な殺し屋だ、と信じているんでしょう？〟

「…………」

伊佐が、少し押し黙ってしまう。千条の方は、外にも流されているこの会話を、ただ聞いている。視線はどこにも向いておらず、音のことにだけ集中している――一言一句、その吐息までも完全に暗記しようとでもいうような、そういう姿勢だった。

そして麦田刑事には、そんな二人の様子がまったく理解不能のものだった。

（なんだ？　こいつら――いったい何を言っているんだ。殺し屋だと……なんのことだ？）

＊

その疑問は、電話の向こう側でも感じている者がいた。

（な、なんなの……何言ってんの、この人は？）

有香である。

彼女が持っていた携帯電話は、今は双季が持っている。電話をかけたのは有香だったが、出たのがおっかない男の声だったので、ひるんでしまったところを双季が、さっ、と横から取ってしまったのだ。

それからはすらすらと、相手を煙に巻くようなことを言っているようだったが……。

「ひとつだけはっきりさせましょう。この電話では、私ははっきりしたことは決して言いませんよ。手紙にも書いたように、実際にお会いして、取引をしたい。それが望みです」

そう言うと、ちら、と有香の方を見て、そして悪戯っぽくウィンクした。これでいいだろう、ということらしいが、そもそも彼女はどうしたらいいのかなんてよくわからない。父親の計画書には細《こま》かいやり方なんて全然書いていなかったし——。

（あああ、なんだってこんなことになったんだろ。いや、確かにやろうって言い出したのは、あたしの方なんだけどさ——）


……あの夕暮れの公園で奇妙な老人に出くわして、ついつい言わなくてもいいようなことをべらべらと喋《しゃべ》ってしまったのは、やっぱり父親と同じように、その人が刑務所に入っていたから、ということもあっただろう。恥ずかしくて他の人には言えなかったことも、この双季という人にならら言える——そういう気にさせる雰囲気が、老人にはあった。服役囚だったのならもう少し怖いと感じてもおかしくなかったはずだが、なぜかそっちの方は全然感じなかった。


公園で、父親が密《ひそ》かに持っていた詐欺の計画書を見られてしまったので、有香はもう半分開き直るようにして、双季にそれを全部見せてしまった。

「ねえ、どーなのかしら。これってうまくいくものなの？」

公園のベンチに並んで腰を下ろして、有香は書類をめくっている双季に訪ねてみた。

「このペイパーカットという話については、聞いたことがありますね……言われればなるほどという感じもしますよ。ええ、これだけ見れば大いに有望ではないでしょうかね」

「そ、そお？」

有香はつい喜びそうになり、それからはっ、と我に返って、

「……い、いやいや、そうそう簡単にはいかないわよね」

と頭を冷やそうとした。そして、考える……。

（とにかく問題は、今、あたしにはお金がいるって

こと……お金がなかったら、どこにも泊まれないし、どこにも行けない……家にはやっぱり、まだ帰りたくない……）

もし今、このままの状態で帰ったら、母親が自分を馬鹿にしきった眼で見るだろうということが、有香には容易に想像がついた。かつて、学校でそれなりにいい成績を取って、見せたとき、母親は「はっ」と鼻を鳴らして「あんたなんか勉強ができたってしょうがないのにねえ。あんな男の娘なんだから」と言ったのだった……忘れることのできない、あのときの眼で——彼女のことをまた見るのだろう。

（冗談じゃないわ。それだけは嫌よ——せめて、もう少し、なんとか……）

彼女は、ちらっ、と横目で双季のことを見る。

「そ、その……双季さん。よかったらそのネタ、買ってくれない？」

「私にも、お金はありませんよ」

「そ、そうか……なら——」

他にそういうツテを知らないか、と訊きかけて、そこで有香の脳裏《のうり》にひらめくものがあった。

（そ、そうだわ——別に誰かに売ってしまうこともないんじゃないかな……？）

この目の前の老人は、とても経験豊富そうである。この手のことに精通している感じだった。この人がいれば、彼女だけではとてもできないようなことでも、あるいは——。

「え、えとさ、その、双季さん……？」

彼女はおずおずと、しかしはっきりとした口調で双季に、

「あなたも、出たばっかりでお金がないんならさ——どうかしら、あたしを手伝ってくれない？」

と言った。これに双季は、

「と、言いますと……？」

と訊き返してきたが、しかしその顔はもう、彼女が何を言っているのかわかっている眼をしていた。

「い、いやさ。あたし変なこと知ってんだけどさ、たしか刑務所から出てきたばかりの人って、しばらくの間はおとなしくしていないといけないんでしょ。仮出所で、保護観察、とかなんとか――」

　彼女は父親がらみで、そういう仕組みのことに多少詳しくなっている。

「だからさ、その――そんなときに、女の子から〝あの人に乱暴されました〟なんて訴えられたらさ、ほら、困るんじゃないのかしら？」

　そう言われても、双季の顔にはなんの動揺もなく、

「ああ、私を脅迫している、というわけですね？」

　と、さらりとした口調で言った。

「いや、本気でそんなことをしようってつもりはないのよ？」

　あわてて弁解しようとすると、双季は首を左右にゆっくりと振って、

「刑務所の中で、囚人は何を教えられると思いますか？」

　と、いきなり訊いてきた。

「へ？」

「囚人はまず、自分の判断で行動することを禁じられるんですよ――上から命じられることに絶対服従する、それが身に染《し》みつくようにね。だから、私としては脅してもらうぐらいの方が安心する、とさえ言えますすね、はい」

「そ、そうなの？」

「塀の中に、長いこといましたからね――色々と染みついてしまいました」

「長いこと……」

　有香は、どういう罪を犯せば、そんなに長く刑務所に入ることになるのだろうか、と漠然《ばくぜん》と考えた。そして、

「あのう、双季さんには、その、家族とかいないの？」

　と、そのことにやっと思い至った。もしも囚人が

刑務所から外に出たとしたら、その人はまず家族のところに帰るのではないだろうか。

「はい、いますよ。妻と子供が、ね……でも、今はとても遠いところにいるので、会いに行くのが難しいのですよ。そのためにも、あなたの話はとても魅力的ですね」

双季はにこにこと微笑みながら、そう言った。

「あ、ああ！　そっか、そうなんだ――」

有香はほっとした。この老人にも、そういう心の拠《よ》り所があるんだ、というのは彼女にとっても安心できることだった。

「あ、じゃあさ、もしかして外国とかにいるのかしら？　あれでしょ、仮出所中とかって、海外旅行なんかはできないんでしょ？」

「まあ、そんなところです」

双季はうなずいてみせた。こうしてこの少女と老人の奇妙な共犯関係が始まったのだった。


……そして今、双季蓮生は実に落ち着いた調子で、サーカム保険とかいう得体の知れない連中相手に、得体の知れない取引を電話で進めている。

（ほ、ほんとに大丈夫なのかしら……？）

有香の不安をよそに、双季は、

「ああ、そうですね。それでは――」

と、勝手に話をどんどん進めてしまっているようだった。

「駅前ですか、そちらの近くにクリスタルテラスというレストランがありますね。どうでしょう、そちらで落ち合いませんか。――ああ、それはそうです。もちろんその際にお持ちくだされば、手間が省《はぶ》けるというものですね――ところで、用意はできているのですか？　あなた方からすれば大した額ではないでしょうがね――たかだか五百万円など」

その具体的な金額が話に出てきて、さすがに有香は緊張で身体がふるえた。そう、これは相手から金をかすめ取ろうという、そういう行為なのだ。

(で、でも——そんな大金、ほんとに出してくれるのかしら……?)

有香が不安にさいなまれていると、双季はあくまでも気楽な調子で、

「ははは、まあ、お互いに損のない取引だと思いますよ。それでは、また」

と話を終えて、そして通話を切って携帯を有香に返してきた。

「はい、どうも」

「だ、大丈夫だったの?」

「まあ、今のところはうまくいってるようですよ。あなたのお父さんの計画も大したもののようですね」

「そ、そうかしら……双季さん、なんかすごく詳しく説明してなかった? 殺し屋とか、いったい何の話なの?」

「いや、ぜんぶ口からのでまかせですよ。刑務所の中で聞きかじったようなことを、適当に並べてみただけです。相手が勝手に深読みしてくれることを期待して、ね。あんまり効果はなかったみたいですが、話が進んだようですから、ま、よしとしましょう」

双季はどこまでもひょうひょうとしている。有香はさらに訊こうとしたが、そのとき彼女のお腹が、ぐう、と音を立てて鳴った。

「わ——」

有香が顔を赤くすると、双季は愉快そうににこにこと微笑んで、

「では、食事にでも行きましょうか。腹が減ってはいくさはできぬ、ということでね——」

と優しい口調で言った。

3

……麦田刑事と骨董屋の老婦人の前で、伊佐と千条は勝手に脅迫犯と打ち合わせをすませてしまい、

電話が切れた後になっても、二人だけでなにやらぼそぼそと喋っている。

「……しかし、それくらいの情報漏洩《ろうえい》は考えられる範囲だよ」

「それだけでは、あの電話の声に感じた妙な確信は説明がつかない気がするんだ。こいつはただの金目当てじゃないような——」

あまりにも周囲を無視しているので、麦田刑事は苛立って、

「どうなっているのか、それぐらいは説明してもらえないかね！」

すると千条が、しれっとした顔で、

「いいえ、あなた方に説明できることは特にないので」

と、ごく当然のように言ったので、さすがに麦田も二の句が継げず、

「な、なな……！」

と声にならない呻《うめ》きをあげてしまった。こんなにもあっさりと警察が無視される現場は、ベテランの彼でも初めての経験だった。

するとと伊佐の方が、ふう、とため息をついて、

「すまないが、とりあえず我々は脅迫犯との取引に応じることにした。警察にこれ以上関与してもらう必要は、ほぼなくなったんだ。来てもらっておいて悪いとは思うが」

と淡々とした口調で言った。

「な、なんだと？」

「一応、この骨董品店の方々の警備は続けてもらいたいが、しかしおそらくはもう実害はないから、なんなら我々サーカムの方でやってもかまわない」

「ふ……ふざけるな！」

麦田刑事は、職務とかそういうこととは関係なく、単純に怒っていた。

「いくらおまえたちが、本庁の警視どもと懇意だとしても、こんな無茶苦茶がまかり通ると思っているのか!?」

「無茶ではありません。既にそちらの署長とも話し合いがついていることですよ？」

千条が不思議そうな声で口を挟んできた。そのあまりの緊張感のなさに、麦田は顔を真っ赤にして、さらに怒鳴ろうとした。だがそこに伊佐が、

「あんたの仕事は、俺たちを怒鳴ることじゃなかろう。俺たちを怪しいと思うなら、ここの店の人を守るために動くのが、警察の役割じゃないのか」

と、静かな口調で言った。一瞬、何を言われたのかわからなくなって、

「……なんだと？」

と訊き返してしまった。

「別に、俺たちの命令に無条件で従え、疑うな、なんてことは言わない——ただ、あんたたちではこの件には歯が立たないだろう、と言っているんだよ。ちゃちな脅迫犯の方なら、警察にも捕まえられるかも知れないが、そいつの後ろにいるのが、もしも——ヤツならば……」

伊佐はそこまで言って、そしてそれから先の言葉を奥歯で噛み潰《つぶ》した。その顔には心の底から湧き上がってくる怒りが浮かんでいた。それが何に向けられているものなのか、麦田にはわからなかった。

（なんだ、こいつ……単なる保険の調査員《オプ》じゃないのか？）

彼が、これまでの長い刑事生活の中で、逮捕した者たちの中には明らかに覚悟を決めていた者が何人かいた。人は、ときには残りの人生をすべて捨ててでも、法律に違反しようとも成し遂げなければならないことがあるのだ、と——そいつらと同様の覚悟が、この伊佐俊一という男からは感じられるのだった。

（だが、それでも——）

やや気圧《けお》されるものを感じつつも、しかし麦田刑事の心の中には、それでもなお、この件からこのまま引き下がるわけにはいかない、という意地のようなものが芽生《めば》え始めていた。

4

……ありきたりなファミリーレストランの、その隅の方の席に、有香と双季は向かい合って座っていた。

「……なんか、こーゆーとこに来るのって、ホントに久しぶりって気がするわ」

有香は目の前のハンバーグセットという個性のない料理を前にして、しみじみと嘆息してしまった。

「若い人たちは、みんなこういうところに来るんじゃないんですか？」

「そりゃ、金に困っていないヤツはね……」

実際、ついこないだまでは、彼女はこんなところに来るくらいなら、もっと安い処分品のパンでも齧っていただろう。家を出てから金はできるだけ使わないようにし続けてきたのだ。しかしこれから五百万円が手に入るかも知れないというときに、今さらケチケチしていても始まらない。

「あのさあ、そういえば双季さん、昨日の夜はどこに行ってたの？　帰るところはないって話だったんじゃないの」

「あなたはどうしていました？」

「あたし？　いやあたしは、いつものようにマンガ喫茶に四時間――ソファーで寝て」

言いながら恥ずかしくなってきた。今までは割り切っていたのだが、他人に説明するのは、とてもみっともない。

「私も似たようなものですよ。寒いところで寝るのは慣れていますからね」

さらりとした口調で言う。その彼の前には紅茶が一杯あるだけで、料理はない。食欲がないそうだ。

「へえ、それって――やっぱり刑務所の中ってそうなの？」

「夏は暑く、冬は寒い――そしてそのことに、嫌でも敏感になりますすね」

「どうして？」

「他に感じることがあまりないからですよ。季節感ぐらいしか、変化がない生活ですから」

「へえ――」

有香は興味をかき立てられた。彼女の父親も、今はそういう生活をしているはずだからだ。そんなに父親が好きとは言えない彼女は、別にそれを可哀想だとは思わないが、関心はある。

「塀の中って、何か楽しみとかあるの？」

有香の、フォークでハンバーグをつつきながらの質問に、双季はにっこりと笑って、

「今、あなたがしていることですよ」

と言った。

「え？」

「つまり、食事ですよ――モノを食べるのが一番の娯楽なんです」

「あ、ああ、そういうこと？　でも刑務所のご飯って臭いんでしょ」

「どうでしょう、比べることができないから臭くないとは言えませんが、中にいるときは、けっこうおいしいと思われていますよ。モノによっては、この世にこんなにうまいモノは他にない、と感じたりもしてね」

「え？　それって、どんなの？」

「そうですね――私は胸が焼けて駄目だったが、甘いモノはとにかく人気がありましたね」

「甘いモノ？　なにそれ、チョコレートとか？」

「ああ、そんなものが出たら、みんな涙を流して喜ぶでしょうね。もっともみだりに泣いたりするのは禁じられていますけどね」

「泣いちゃいけないの？」

驚いて有香が訊くと、双季は肩をすくめて、

「みだりに秩序を乱すような行為は、なんでも禁止ですよ――その辺は学校と一緒じゃないんですか？」

「あ、あー……そっか、そんな感じか……」

思わず有香は納得してしまった。

「少なくとも、刑務所の中の人間はみんな子供のようになってしまいますよ――楽しみは上の者の目を盗んでの馬鹿話とふざけあいっこ、そして食べ物、特に甘いモノのことばかりを考えているんですからね――それ以外のことに気を取られすぎると、すぐに懲罰《ちょうばつ》ですしね」

双季はくすくすと笑いながら、穏やかな口調で言った。その声は妙に軽快で、苦労を振り返っているような暗さはなかった。

「あ、あのさ――」

有香は、いったいあなたは何をして刑務所に入ったのか、と訊こうとした。だが、その優しげな眼差しを見ていると、その言葉がどうしても出てこない。

「はい、なんでしょう?」

双季は訊き返してくる。

「い、いや、えと。……じゃあ双季さんは、甘いモノが嫌いで、ろくに楽しみがなかった、ってことになっちゃってたのかな?」

適当なことを言って話を逸《そ》らした。すると双季は首を左右に振って、

「そんなことはありませんよ。私はその分、そういうみんなを見ているのが楽しかったですから――人を観察するのは面白いでしょう?」

と答えた。

「誰か、楽しい人でもいたの?」

「ええ、色々な人がいましたよ」

「特に面白かった人って、どんな人?」

「そうですね――」

双季は少し遠い目をした。そして、

「飴屋《あめや》さんのことが、なによりも心に残っていますね」

「アメヤ?」

どういう字を書くのか、と思ったが、別にそれほど興味があるわけでもないので、そのまま聞き流

す。

「それって、どんな人だったの」

「私よりもずっと、人間を観察しているひとでした。そのことに関しては、私はあの人の足元にも及ばない――」

「自分よりも変わり者なんで、気になっちゃったの？」

　有香がそう言うと、双季は愉快そうに小さな声を立てて笑った。

「そうですね、そうかも知れませんね――」

「あたしは――」

　と言いかけて、有香は口をつぐんだ。あたしには、これまでの人生でそんな風に気になった人はいない、と言おうとしたのだが、なんだか――

（目の前に、今――いるのかも知れない）

　そう思ってしまったからだ。双季はそんな彼女の様子には特に注意を払わず、

「飴屋さんは、変わったことを言っていましたよ――〝人は、誰しも何かに自分の心を託して生きている、だから、どんな人間であっても、生命と同じくらいの価値があるモノが存在しているのだ〟とね」

　と言った。それを聞いて、有香の顔が少し強張った。

「それって、あのペイパーカットとかいうのと似てるわね？」

「彼に言わせると、多くの出来事というのは、その根っこが同じなんだそうですよ――肝心のことは変わらないのだと――彼は、そういうモノのことを〝キャビネッセンス〟と名付けて呼んでいました」

「きゃび――なんですって？」

　よく聞き取れなかった有香が訊き返すと、双季は穏やかな口調で、

「キャビネッセンス」

　と、その言葉を繰り返した。

「私は、飴屋さんにその存在を教えられて、人生が

大きく変わったような気がしたものです。それで、今はこうして、塀の外にもいる――」

「へえ――」

有香はなんとなくうなずいて、しかし、

(それってどういう意味?)

とも思った。

(ええと、それまで問題ばかり起こしていて、仮釈放が遅れてたのを、アメヤとかいう人に諭《さと》されて、真面目になった――とかそういうこと? でも――)

なんだかすっきりしない。しかし刑務所の中の詳しいしきたりなどを知らない以上、きっと細かく聞いてもわからない話なのだろう。

有香は、息を少し吐いて、気持ちを切り替えて、

「うーん、割と有名っていうか、広まってる話なのかしら、ペイパーカットって」

と呟いた。

「似たような話が結構、あちこちであるみたいじゃない、そうなると」

「そうですね、いたるところにペイパーカットは現れるということでしょうね――」

双季はにこにこしながら、変わった言い方をした。

有香は、ちょっと神妙な顔つきになって、そして双季に不安そうな声で、

「……ねえ、ホントにうまくいくのかしら?」

と訊ねた。すると双季は肩をすくめるような仕草をして、あくまでも気楽な調子で、

「うまくいかなかったら、それはそれでしょう。あなたは未成年だし、この件には当局が圧力をかけているし、警察に捕まってもきっと起訴猶予に落ち着くと思いますよ」

と簡単に言った。有香はぎくりとして、

「……で、あなたはどーなのよ。刑務所に逆戻りよ」

と声をひそめて言うと、双季は変に自信に満ちた

顔になって、

「いや、私はもう二度と塀の中には戻れないので」

と、これまた変わった言い方をした。

「は？」

有香はぽかん、としてしまう。その言い方では、まるで戻りたいけど戻れない、と言っているみたいだったからだ。

「……い、いや、捕まったら、やっぱり刑務所に入るんじゃないの？」

「私は、もうそういうことではないので」

さらりとした口調で、やっぱり訳のわからないことを言う。

「そーゆーこと、って、どーゆーことよ……？」

さらに言い募《つの》ろうとしたが、頭が混乱して、なにを質問していいのかもよくわからなかった。

結局、有香はそのままハンバーグセットを食べ終わり、二人はファミリーレストランから外に出た。

「それでは」

と言って、双季はまた昨日と同じように、どこかに消えてしまった。

「あ……」

と呼び止めようとしたが、そのときにはもう彼の姿は通りの向こうに消えている。

仕方ないので、有香も街の雑踏の中に足を踏み出す。

今晩はどうしようか、と少し考える。適当に眠れるところに腰を据《す》えるか、あんまり金のかからないところに——と思って、そこでふいに悟った。

（いや、明日はもしかして、五百万が手に入るかも知れないっていうのに、そんなケチケチしててもしょうがないわよ）

もう、今日で金を使い切ってもかまわない、というぐらいでもいいのだ。そう自分に言い聞かせた。

（ベッドのあるところで、久しぶりに寝てみようかな——そうよ、まだそのくらいの金はあるわ）

実はそんなに外泊には慣れていない彼女は、とにかく〝いかがわしくないホテル〟という程度の考えで、それっぽい建物を探した。

そして地味な外見で、特に怪しいところもなさそうなヤツを見つけたので、有香はその自動ドアをくぐった。

フロントには不機嫌そうな若い男が一人だけ座っていた。

「あのう、泊まりたいんですが」

有香が声をかけると、男はあからさまに訝《いぶか》しむような視線を向けてきて、

「はあ？　なんだって？」

と乱暴に訊き返してきた。

「い、いや――だから」

「何あんた、金あんの？　家出とかじゃねーだろうな。困るんだよね、そーゆートラブルは、さぁ――」

少女相手だというので、完全に舐《な》めきった横柄《おうへい》な態度であった。この街の者ではなく、田舎者《いなかもの》だと見抜かれてしまったのだ。

「え、えと――」

有香がおどおどしてしまったのを見て、男はにやりと歪《ゆが》んだ笑みを浮かべて、

「どうすんの？　泊まりたいっていうなら、それなりの保証がいるぜ。あんたにそんなもんがあるのかい？　ないんだったらよ、俺と――」

と男が身を乗り出してきたそのとき、ふいに有香の背後に誰かが立つ気配がした。

はっ、となって振り返ると、そこには双季が立っていた。

「い……!?」

フロントの男が目を丸くして、絶句していた。彼にも、いつのまに双季が現れたのかわからなかったのだ。

「この娘は、私の連れです――部屋を取りたいのですが、空《あ》いていますか？」

驚いている相手に、双季はあくまでも静かな態度

で話しかける。

「――は、はい……」

「それでは、有香さん、あなたが記帳してくださ い」

「え？　ええ……」

有香も半ば茫然としたまま、フロントの宿泊カードに名前を書こうとして、そしてちょっとためらった後で、反射的に双季蓮生の名前を書いていた。そして住所の方は、なにも思いつかなかったので、この前訪れたばかりの刑務所の番地を書き込んだ。それは父親に面会の申請をしたときに覚えていたもので、実は少し間違っていたが、そのことに彼女自身は気づかなかった。気づいて混乱するのは、別の人間で、それは翌日のことになる。

「あ、あんた……その、どっから――」

フロントの男はまだ混乱していた。それに双季はにっこりと微笑むだけで答えず、

「鍵をいただきたいのですが？」

と手を出した。

そして二人は連れだって、エレベーターで上がっていった。

（え、えーと……これって……やっぱり――）

双季のすぐ側に立ちながら、狭いエレベーターの中で有香は身体を硬《かた》くしていた。

双季の方をちらちらと横目で見るが、彼は階数表示の数字が変わるのをずっと見ているだけで、有香の方をまったく見ない。

目的の階にはあっという間に到着し、扉が開くと双季の方がさっさと先に降りた。

部屋の前に着くと、双季は「はい」と言って鍵を有香に渡した。

「…………」

有香は無言で鍵を差し込んで、ドアを開けた。中に入ろうかどうしようか、少し迷って足下に視線を落としてしまう。すると双季の声が聞こえた。

「それでは、また明日。迎えに来ますから、この部屋で待っていてください」

え、と顔を上げると、そこにはもう双季の姿はなかった。

「……え？」

有香はあわてて周囲を見回した。エレベーターも、まだこの階に停まったままだった。だが狭い通路のどこにも、もう双季の姿はなかった。

「え？　ええ？」

どこに行ったのか、まったくわからない。現れたときと同じように、煙のように消えてしまった。まるで手品のようだった。

(ど、どこかに非常階段でもあるのかしら……？)

そういうこととしか思えなかったが、しかしそれを確かめる気には、なんとなくなれなかった。

ふうう、と息を大きく吐いて、そして彼女はポケットに入れたままになっていた、あの公園で拾った人形を取り出した。

「……変わった人よね？　なんか不思議な感じ――あんたもそう思うでしょ？」

人形に向かって話しかけると、彼女は緊張がほぐれて思わず頬がほころんだ。

「刑務所に入ると、人ってあんな風になるのかな？まさかね――アメヤさん、とかいう人のおかげ？」

自分もこの〝取引〟で警察に捕まったら、刑務所に入ることになるのだろう。そしたらそこで、自分もアメヤさんに会えるのだろうか――有香はそんなことをなんとなく考えて、我ながら馬鹿なことを考えているな、と自分で笑ってしまった。

5

(くそっ……まったく……あの保険屋ども、少しは情報をよこせってんだ――)

麦田刑事は苛立ちつつも、その日の朝早くから、問題の〝取引場所〟であるクリスタルテラスというレストランの周辺を巡っていた。張り込みでもなく、特にアテのないパトロールなどをするのは、巡査時代以来のことだったので腹立たしかったが、こんなに漠然《ばくぜん》としている事件《ヤマ》に部下を使うわけにもいかない。放っておけ、と上からも言われたが、しかしこれは彼にとっては、

(こうなりゃ刑事《デカ》としての意地だ)

そういうものになっていた。キャリアでもない彼には当然天下り先などなく、いずれ定年になったらそのまま退職である。納得のいかないことも多い仕事ではあるが、それでも誇りだけは失うまいとしてやってきた——そして今回の事件には、特に腹が立っていた。

(こいつには、なにか嫌なにおいがする……)

麦田は長い経験から、どんなものが一番タチが悪いのか知っている。それはまだ、明確に何が悪いのか特定できないものなのだ。事件として明確に立件できるものは、まだ対処のしようがある。だが何が悪いのかさえわからないものにはどうすることもできないのだ。

(これは単純な詐欺なんかじゃない——もちろん、不介入ですませられる民事の件でもない。もっと深刻な、なにか深いものにつながっていることだ——そう、あの十三年前の事件のように、だ。あの〝東澱〟のときの——)

時間はまだ朝も早いので、駅前であっても通勤する者もほとんどいない。朝帰りらしい青い顔をした連中がふらふらしているぐらいだった。保険屋の奴らとあの〝ペイパーカット〟とかいう変な脅迫状を送りつけてきた者が会うのは、もう少し先の約束である——その前に怪しいヤツを見つけたら、かまわずその時点で事情聴取するつもりであった。

「…………」

麦田は厳しい目つきで、人通りの少ない街のいたるところに視線を向けていく。

その視線が——ぎくっ、と動きを停めた。

(な……なんだ、あれは……?)

麦田刑事が見つめるその先には、一つの影が立っていた。

それは——その印象を一言で説明しろ、と言われたら、もう他の表現など思いつけないほどに、それしかないというほどに、目立って一つのことが突出している、そういう人影だった。

(あれは——銀色……?)

髪の毛が見事な、まるで金属かと見まがうほどの輝きを放っているコート姿の男が、ひとり、他の誰とも関係なく、通りの真ん中にぽつん、と立っているのだった。

(し、しかし——どうして)

麦田が一目で釘付《くぎづ》けになったほどに目立っているその男に対して、どういう訳か他の人間が誰もそっちを見ていないのが、最も異様なことに思えた。

麦田があまりにも、その銀髪の男を見ていたせいだろうか、相手の方も麦田のことに気づいて、振り向いてきた。

「…………」

どこかで会ったのだろうか、というような少し怪《け》訝《げん》そうな顔で、麦田のことを見つめ返してくる——そしてその銀色は、

「どうかしましたか?」

と微笑みかけてきた。

CUT/2.
Naose Higasiori
&
Shuniti Isa

小さくかすかな隙間風が、舞い上げて落とす
——みなもと雫〈ネバー・リメンバー〉

1

「あ——ああ、どうも」

麦田は思わず、声をかけていた。

「どうも」

銀髪の男の方もうなずき返してきた。そして麦田の方に歩み寄ってきて、

「以前に、どこかでお会いしたことがありますか」

と訊ねてきた。間近で見ると、本当に顔立ちといい、物腰といい、実に華《はな》やかな空気をまとっていて、芸能人か何かとしか思えない。しかしやはり、麦田以外の誰も、その男の方を見ない。

「い、いや——そういう訳じゃないんだが……その、私は」

麦田は警察の身分証を提示して見せた。

「こういうもので、あんたにちょっと話を聞きたいんだが、いいかね」

「はい。それは結構ですが、私はこの土地の者ではありませんから、お役に立てるかどうか」

銀色の男は警察と言われても焦ることも驚くこともなく、静かな口調でそう応じた。

「それじゃ、ここには何しに来たんだ？」

この問いに、男は穏やかに微笑みながら、

「人に会うためにです。約束していまして」

と言った。

「約束……？　待ち合わせでも？」

「いや、そういう訳でもなくて……今はどうしているのかな、と気になりまして」

男はなんともはっきりしない答え方をした。

「あんた、お仕事は何を？」

「仕事と呼べるほど成果は上がっていないのですが——色々と調べているんですよ」

「学者さんかね？　気になるというのは、調査か何かか？」

言われてみれば、知性的な雰囲気も感じられる。

「少し前に、ある人と会って話をする機会がありまして——その人は、なかなか興味深いことをしてみたいと言っていたので、ぜひその後の経過について教えていただきたいと思いまして、ね」

「はあ……？」

銀髪の男は別にはぐらかそうとしている訳でもなさそうだったが、どうにも言うことにとらえどころがなさすぎた。怪しいというよりも、単にわかりにくい。

「私よりも、あなたはどうです？」

男は逆に、麦田刑事に向かってそう訊いてきた。

「は？　なにが」

「あなたも、捜し物をしているのではありませんか。それは簡単には見つかりそうもなく、あなたは少し、意固地《いこじ》にもなりつつある——違いますか？」

囁《ささや》くように、まっすぐに彼のことを見つめながら、男は奇妙な自信に満ちた表情を浮かべて、そう言った。


「…………」

麦田は、これにどう返答していいのか迷った。質問をしているのはこっちだ、といつもの刑事としての対応をすべき場面のような気もするが、しかし尋問中に反抗的な態度を取られた、という感触はまったくなかった。

ただ、気になったので、そのまま訊ねられた——そんな感じしかしない。

（俺の中に、気になることが——？）

麦田が一瞬、そんな考えに捉《とら》えられてぼんやりとした、まさにその瞬間だった。

彼の懐《ふところ》の中で、携帯電話が着信を告げた。

はっ、と我に返って、麦田はあわててその電話に出た。

〝ああ、麦田さん！　大変です！〟

それは彼の同僚の、若い刑事からのものだった。

焦った調子である。

「どうした杉原《すぎはら》、なにか起きたのか？　すまんが今は、俺は例の脅迫まがいの件で――」

〝いや、だからその件ですよ！　麦田さんにはかまうな、って言われましたが、俺の方も気になって張っていたんです。そしたらあの保険屋の連中、もう脅迫犯と取引を始めましたよ！〟

「な、なんだと！」

麦田の頭に、かっ、と血が上った。

「馬鹿な！　話じゃまだあと一時間も先のはずで――くそ、謀《はか》られたか？」

麦田は、とにかく自分もすぐにそっちへ行く、と同僚に告げると、電話を切ってその場から走り出した。頭は完全に、事件の方にと切り替わっていた。

「…………」

その様子を、銀色の髪をした男は黙って見送っていたが、やがて自分もまたきびすを返して、いずこかへと歩み去っていった。

その姿に、相変わらず周囲の誰も注意を払わず、その行き先に関心を持つ者も、一人としていなかった。

＊

「そもそも君は、この件をどう捉えているんだい」

封筒をよこしてきた相手と会う手はずを整えたファミリーレストランに、千条と伊佐はかなり前から来ていて、そこで話し込んでいた。二十四時間営業の店であっても、早朝すぎて他の客が誰もいない。一人しかいないウェイターも隅《すみ》の方であくびを嚙み殺している。

「僕ら以外の、他の誰かがペイパーカットのことを詳しく知っていると、本当にそう思うのかい？」

「いや――ただ、変だと思っているだけだ。保険金目当てなら、あんなにあからさまに怪しい書式では送ってこないだろう。もう少し、法律的な体裁を整えてくるはずだ。それがなく、いかにも怪しんでくださいといわんばかりのやり方に、どうも何かあるような気がする――いや、これもこじつけくさいな」

伊佐は厳しい顔で、サングラスの前で指を組んでいる。

「そう、あの電話の向こうの声――あれになにか違和感を感じた。それだけだ。それがなんなのか、それは俺にもよくわからない。ただ、なんというか――ヤツは〝知っている〟と感じたんだ」

「何を知っているんだい」

「俺の知らないことだ」

「ずいぶんと曖昧《あいまい》だねえ。それで五百万も出そうっていうのかい」

「俺の貯金じゃない。サーカムが出すんだ。それに、おまえの治療費でもない」

「僕のは治療費じゃないよ。正確には管理維持費用と、研究開発コストだよ」

千条はまったくの無表情でそう言った。

そう、この男はかつて頭部に重大な損傷を受けて、脳の活動の一部を特殊な演算チップで補《おぎな》っているのだった。そのために常人を遥かに凌《しの》ぐ記憶力と分析力を得たが、その代わりに人間らしい感情というものを失ってしまったのである。だから彼のことを知る者は、この千条雅人のことを畏怖《いふ》をこめて〝ロボット探偵〟と呼ぶ。

「それを言えば、俺も治療はしてないな……ただ検査を受けているだけだ」

伊佐はサングラスを指先で少し押さえた。

彼の両眼は、裸眼では外の刺激の強い光を直視できないほどに弱っている。その原因は、かつて彼が〝ペイパーカット〟と呼ばれる謎の現象に、直《じか》に遭遇したときに〝被爆〟してしまったからではないかと考えられている――その際に、彼はかつて勤めていた警察からも追放されたのだった。

そして見なくてもいい世界の裏側のことも、ずいぶんと知ることになってしまった。もはや彼はかつてのように、単純な社会正義を信じることもできないで、ただ——自分をこのような立場に追い込んだペイパーカットを追い、狩り立てることだけを考える、サーカムの猟犬となっているのだった。

「しかし問題の〝脅迫犯〟が何も知らなかったら、一体どうするんだい。あの麦田刑事に引き渡すのかな？」

「その必要はないだろう。金欲しさに無関係の者を巻き込むような真似でもしない限りは、な——あの刑事には不満だろうが」

あの真面目そうな刑事は、なんだかかつての伊佐がそのまま警察の仕事を続けていたら、そうなったであろう姿にも思えた。実直だけが取り柄《え》で、出世とは無縁で、しかし周囲からの信頼は厚く、仲間にも頼りにされて——すべては遠いことに思えた。

「元警官の君としては、その辺のことは心が痛むかい？」

千条がそう言うと、伊佐はやや厳しい顔になり、

「その表現はあまり適切じゃないな。どういうつもりでその言葉を使った？」

と訊いた。千条は無表情のまま、

「人は過去の立場と、現在の状況とがずれていることからくる心理的な軋轢《あつれき》の結果、苦痛を覚える——そう推測したよ」

その解説には、肝心の〝心〟という言葉への満足な説明がないのだった。

「その言い方はあまりにも乱暴だ。誰かがそういう状況だと判断したときは、これからは〝複雑な気持ち〟という表現にしろ」

「なるほど、わかったよ」

千条は素直にうなずいた。そして、

「すると君は今、複雑な気持ちだということかな」

と質問してきた。これに伊佐は特に腹を立てることもなく、

「そうだ。一言では説明できないし、することに意義も見いだせない感情——人間はそういうものに、しばしばとらわれるものだ」

と割り切ったように言った。こうしたロボット探偵に対する一種の〝教育〟も、伊佐の役割の一つになっているのだった。

「それは混乱しているからかい、それとも単にその行程をたどることが労力を要するので、疲れるから嫌だ、ということなのかな」

「どっちも合っている。しかし、どちらも全部を説明していない」

「難しいねえ」

「難しいよ。俺だって自分の考えていることが、時々わからなくなるからな――」

「それは意外だね。僕からすると、君ほど冷静な人間はいないような気がしているんだけどね」

千条に真顔《まがお》でそう言われて、伊佐はさすがに渋い顔になった。

「……おまえにそう言われるのは、ほとんど嫌味だな」

「それはどういう意味だい？」

「そもそも、おまえに〝気がする〟ことなんかないだろうが。適当にそれらしい言葉を並べているだけだから、そういう変なことを言う。俺のどこが冷静なんだよ、まったく……」

「まあ、君がそう言うなら、反論はしないけどね」

千条はあくまでも、淡々としている。

伊佐は上を振り仰《あお》いだ。

このレストランは、客席の天井のかなりの箇所がガラス張りになっている。だからクリスタルテラス、などという名前なのだ。採光率がやたらにいいから、あまりにも晴天すぎる日だと日中はまぶしくてしょうがないこともある。

その天井の向こう側には、少し離れたところの山の風景なども見える。周囲のビルからも丸見えだ。

狙撃されるのには絶好のロケーションだな、と伊佐は物騒なことを考えた。

（しかし、どこからでも監視されてしまうから、脅迫行為や取引などには全然向かないところでもあるな。そういうことに考えが回らないほど迂闊《うかつ》なヤツとも思えなかったが――）

あるいは後ろめたいところが微塵《みじん》もない、とか、そういうことなのかも知れないな……と伊佐が考えていたときに、彼の懐の携帯電話が鳴った。それはサーカムの専用回線であった。外に何人か配置しているメンバーからのものだ。

「どうした」

〝そっちに今、老人が一人近づいて行っている。白髪の、やや背の高めの男だ。もうすぐ建物の入り口に入る〟

「了解」

伊佐が通信を切るのと、レストランの来訪者を告げるベルが鳴ったのは、ほとんど同時だった。

伊佐と千条がそろってそっちを向くと、そこに立っているのは、双季蓮生その人である。一人であり、他に連れはいない。

「ああ――どうも」

彼は、伊佐に向かって軽く頭を下げてきた。他の人間がいないことから、伊佐たちがサーカムだと判断したのだろうか、それとも――以前から知っていたのか。いずれにせよ、この老人が例の〝脅迫犯〟であることは間違いなさそうだ、と伊佐は判断した。

「ずいぶんと早いな。まだ約束の時間より七十分も先だぞ」

「あなた方も、来ていらっしゃるではありませんか」

双季は悪びれる様子もなく、穏やかな口調でそう言った。

そして堂々とした足取りで、伊佐たちの席の方に歩いてきて、そして伊佐の向かい側の席に座った。千条は横に座られた形になって、少し相手のことを見つめた。だが、双季は伊佐の方ばかりを見て、千条の方は一瞥もしない。

（む……？）

伊佐は不審に思ったが、しかしこの方がいざというとき、千条によってすぐに相手を取り押さえやすいかと思って、そのままにさせることにした。目くばせで指示すると、千条もかるくうなずく。

「それじゃあ、話を聞かせてもらおうか」

「そうですね。あなたは何が知りたいんですか？」

双季は伊佐のサングラス越しの瞳をまっすぐに見つめながら、逆にそう訊いてきた。

「あんたの名前は？」

「双季蓮生といいます」

あっさりと、堂々とそう名乗った。これにも伊佐はやや虚を突かれた形になった。もう少ししらばっくれるのかとも思ったのだが……それでもこちらも動じる素振りは見せずに、さらに訊く。

「一人か？　他に仲間は？」

「少なくとも、ペイパーカット本人と仲間、というわけではありませんよ」

「……ペイパーカットのことを、どのくらい知っているんだ？」

そう訊ねると、これにはさすがにやや微笑を浮かべて、

「それを簡単に話しては、取引にはならないでしょう？　しかし――」

ややはぐらかし気味にそう言いながらも、双季は伊佐からまったく視線を逸らさない。というよりも、千条のことをまったく見ない。だから言葉もあくまで、伊佐に対して向けているものであろう。彼は続けてこう言ったのだ。

「――あなたはどうも、私が考えていたよりも、ずっと〝彼〟のことを知っているようですね。直に〝彼〟とお会いになったことがおありのようだ」

「――――」

伊佐の眉が、ぴくっ、とかすかに揺れた。

2

（あ、あー……もう入って行っちゃったわ。どうするんだろ？）

　クリスタルテラスは外から覗《のぞ》かれやすい、という伊佐の見解そのままに、少し離れた場所からその様子をずっと見ている者がいた。

　西秋有香である。

　彼女は折り畳み式の、安っぽいオペラグラスで双季とサーカムの対話を遠くから観察していた。

　朝早くに双季が迎えに来たので、彼女はさっさとホテルをチェックアウトして、そのまま二人で、あそこで取り引きするのだということを山沿いの少し高い道路から見下ろしながら話していたのだが、そこで双季がふいに、

「おや、もう取引相手は来ているみたいですね」

　と言い出したのだ。

　そんな馬鹿な、と思ったが、しかしカバンの中に入れていたオペラグラスを取り出してよーく見てみたら、確かに店内には妙に怪しい黒服の男二人組が、でん、と陣取っていたのだった。

「わ、わわ、何あれ？　あんなヤクザみたいなのが相手なの？」

　特にサングラスをかけている男が怖そうだった。そう言われると、あの電話の声はあの男のような感じもする。

　オペラグラスは、以前に花火大会を見物に行く際に買ってそのまま忘れていたような物だったからそれほど拡大解像力はないのだが、それでも二人組の怪しさだけは充分すぎるほど理解できた。

　彼女がそうやってびびっていると、双季が気軽な口調で、

「取引は私だけでしてきましょう。あなたはここから見張っていてください」

　と提案してきた。

「え、えええ？　で、でも……」

「私が彼らと話しているのを、ずっと見張っていてください。必ず、一瞬でも眼を逸らさないように――いいですね？」

「う、うん――」

反対することもできずに、結局そのまま、有香はその場所にとどまってレストランのことを観察しているだけの状態なのだった。

双季は堂々としていて、全然後ろめたいことをしているような感じがなかった。正面入り口からレストランに入っていって、そして二人組の席にそのまま座ってしまった。

（す、すごい度胸だわ……）

有香はほとほと感心してしまった。あの人には怖いものというのがないのだろうか。刑務所に入ると、誰でもあんな風に肝《きも》が据《す》わってしまうものなのだろうか……しかしこの前面会した父親は、全然だらしのない感じしかしなかったのだが……。

（う、うーん……）

そうやって有香がじりじりと見ているのと同様に、街の方でもこの様子を監視している者たちがいた。

サーカムの構成員たちと、そして地元の警察の者たちである。

彼らはお互いに牽制《けんせい》しながら、それでも監視の目だけは決して弛《ゆる》めないようにして、問題のレストランを二重三重に包囲していた。警察の方が数が少ないが、彼らには土地勘と経験があるため、より適切な位置で見張りをしていた。

その場所の一つに、駅前から駆けつけてきた麦田刑事が合流した。

「――どんな様子だ？」

「何やら話し込んでますよ。ずいぶんと馴染《なじ》んでいるみたいです」

「来たのは何人だった？」

「一人きりです。初老の男みたいでしたよ。白髪でしたから——しかし、あんまり詐欺ゴロ臭くない感じでした。顔にも見覚えがないし、プロだとしたら、相当なヤツじゃないんですかね」

「そんなのがこっちに入ったって話も聞かないが——見せてくれ」

麦田は同僚から双眼鏡を借りて、クリスタルテラスの方に向けた。

伊佐と千条のことはすぐに見つかったので、脅迫犯らしき男はその一緒のテーブルについているヤツだろう。やや顔を横に向けていて、よく見えない——と思ったら、ウェイターがその場にやってきて、男に何か話しかけた。注文を取っているのだろう。男はそっちの方に向き直り、何かを言った。

そこで、麦田の表情が一変した。

「な……！」

彼は、その男の顔に見覚えがあった。いや、そんな生易《なまやさ》しいものではない。その顔を一生忘れないだろうとかつて感じた相手の、まさにその顔が双眼鏡の向こうにあるのだった。

「ば、馬鹿な……!?」

思わず声を上げてしまった。そんなはずはなかった。あの男が、こんな風に外を出歩いているはずがなかった。

（あ、あいつは——刑務所に閉じこめられてしまったはず——一生出られない、本物の無期懲役で——そう、あいつは、間違いない——あれは）

「そ……双季蓮生！」

その名前を口にしたときには、もう彼の身体はその現場に向かって走り出していた。

「ち、ちょっと——麦田さん？」

同僚のとまどいの声にもかまわず、彼は双季蓮生をこの場で、今すぐに捕らえることを決断していた。

＊

「——その発言は、あなたもまたペイパーカットと呼ばれている現象と遭遇したことがある、という意味ですか？」

千条が双季に向かって質問した。しかし双季は相変わらず、伊佐の方ばかりを見ていて、その相棒の方は無視している。

「あなたのお名前は？」

訊かれて、伊佐は即座に、

「伊佐俊一だ」

と答えた。隠し事をしても意味がないと思ったのだ。

「伊佐さん、あなたは実際のところ、それを〝現象〟だとは感じていないのでしょう？」

「……どういう意味だ？」

「それは見る者によって全然違う姿に見えるという……そう言われても、あなた自身にはどうもピンと来ない……違いますか？」

「何が言いたいんだ？」

「そうでしょう？　あなたにはそれがただ〝銀色〟にしか見えなかったのではありませんか？」

「…………！」

伊佐は、思わず息を呑んで、少し絶句した。彼がいくら、この件を研究している釘斗《くぎと》博士に〝そんな感じだ〟と説明しても納得してもらえないことを、この初対面の男はあっさりと言い当ててしまったのだ。

「その銀色というのは、そういう人名ですか？」

また千条が質問をしたが、これにも双季は視線を向けもしない。

そこで伊佐は、動揺を押し殺すという意図も込めつつ、

「どうしておまえは、さっきから俺とばかり話して、そいつの言うことには耳を貸さないんだ？」

と、千条のことを指差した。

すると双季は肩をすくめて、

「私は、心のない物とは話すことはできませんか

ら」

と、ひどくあっさりとした調子で言った。

だが、その言葉の意味は——千条がロボット探偵であると知っていなければ、出るはずのないものであった。

「……なんだと?」

伊佐が思わず問いつめようとしたそのとき、テーブルに寝不足のウェイターがふらふらしながら、

「ご注文はなんでしょーか……」

と力のない声を出しながら近寄ってきた。

「ああ、いや結構です」

双季は、ウェイターには礼儀正しい態度で応じた。

「私は、すぐにここから出ますので」

あまりにもあっさりと言ったので、伊佐は一瞬その言葉の意味がわからなかった。

双季はそんな彼に、にこにこと微笑みながら振り向いて、

「どうやら、私たちが会っていられる時間の終わりが来たようです——話の続きは、こちらから連絡しますので、そのときに」

と、言いながら落ち着いた物腰で立ち上がった。

「——千条! 捕まえろ!」

伊佐は反射的に怒鳴った。千条は言われるままに、その老人の腕を掴もうとした——だが、その手がすかっ、と空《くう》を切った。

(な——)

伊佐は、自分の眼が信じられなかった。千条の正確無比にして超高速の動きは彼にも見えなかったのに——それを避けたのか?

双季は何事もなかったかのように、そのままテーブルから離れて、レストランの奥の方に歩み去っていく——千条がすぐさま追っていったが、双季はほとんど身体を動かす素振りも見せずに、そのタックルをかわしてしまって、すっ、と物陰に隠れてしまった。千条は頭からドリンクバーのコップが積み上

げられているところに突っ込んで、派手な音を立てた。

そのとき、レストランの正面入り口からすごい勢いで麦田刑事が走り込んできて、

「――双季蓮生！」

と怒鳴った。

「な……」

伊佐は、この事態の急変についていけない。それでも千条に続いて、あわてて双季が姿を消した物陰の方に駆け寄った。

その先には、トイレに続く通路があるだけだった。そして換気扇があるだけで窓のない男子トイレには、誰の姿もなかった。

頭からジュースをぽたぽたと垂らしている千条が、女子の方もかまわず覗いて、

「こっちにも、人影はないよ」

と告げた。そこに麦田刑事が血相を変えて詰め寄ってきた。

「双季はどこだ！　あいつはどこに行った！」

伊佐は彼に、警察が来るのは約束が違うと抗議することも忘れて、半ば茫然としながら、

「ヤツは……消えた」

と呟くのが精一杯だった。

「逃がしたのか!?」

「いや――消えたんだ……まるで煙のように……」

殺気立っている店内に、ウェイターの、

「な、なんなの……なんだっての……？」

という間の抜けた声がむなしく響いた。

3

この様子は、小高い山の道路からオペラグラスで覗いていた有香の眼にも入っていた。

「あ、ああ、あれ……？」

確か金を受け取るとかなんとか言っていたはずなのに、ばたばたと大騒ぎをして、しかもレストラン

には次々と人間が入っていく。どうも警察っぽい人たちばかりである。

「ち、ちょっと……どうなってんの……?」

双季蓮生が捕まった、彼女の方からだと、そうとしか思えない状況だった。

「えええ、ええ? ……う、嘘でしょ……?」

店内の様子も、やたらにどたばたしていて、何がなんだかわからない。しかし双季が捕まったにしては、彼の姿だけがどこにも見えない。あの二人組の方はずっといるのだが……。

(い、いや待って——落ち着くのよ。そうよ、信じなきゃ。あたしが信じなきゃ、誰が信じるのよ——)

彼女はポケットの中に入れっぱなしの、あのマスコット人形を握りしめていた。そうすると、なんとなく落ち着くような気がしていたのだ。

(ええと、だから——レストランの裏口から出ていたとしたら——まあ、こっからは見えないんだけど……でもきっとあっちの方に行って、そうなると今頃はあの辺の道を歩いていたりして……あれ?)

オペラグラスで有香は街のあちこちに視線を巡らせていたが、その動きが途中で停まった。

その視界の中央にぽつん、と人影が映っている。朝早いせいで、他に人通りはない。

彼女の方に向かって、のんびりと手を振ったりしている——双季蓮生に間違いなかった。

「う、うわ——何をのんきに——」

有香は大慌《おおあわ》てで道を駆け下りていって、双季のいるところへと走った。

「ああ、有香さん」

「ば、ばか——のんびりしてる場合じゃないでしょ! あんた、警察とか——」

「あれは警察ではありませんよ。保険会社の中で、意見の対立がありそうだったので、トラブルを避けるために早めに引き上げたんですよ」

双季の声にはまったく動揺がないので、有香の方

も、

「そ、そうなの？」

と、さっきまでの不安がぼやけたものになっていく。

「それより――有香さん、すみませんが電話を貸していただけますか？」

「え？　いいけど――どこに掛けるの」

「まずは昨日の骨董屋に。そこで連絡先を訊いて、さっきの話の続きをしなければなりませんからね」

双季の穏やかな表情には、まったく乱れがないのだった。

＊

「…………」

伊佐は、ぐったりとファミリーレストランの客席の片隅に腰を下ろして、うなだれていた。

（なんなんだ、いったい……？）

向こうの方では、麦田刑事が同僚刑事やサーカムの構成員たちと何やらもめている。さっきからずっと、あの刑事はやたらに騒いでいる。双季蓮生のことも知っているようだ。少し前までは伊佐にも激しく詰め寄っていたが、今では周囲を固めていた者たちを質問攻めにしている。しかし、

（誰も、双季蓮生がこのレストランから外に出たところを見ていないという――あれだけ何重にも、包囲して監視していて、すべての入り口をマークしていたのに……）

その事実が伊佐を圧倒していた。どうやってあの老人は、こんな完全密室から脱出してのけたのだろう？

麦田刑事は、全員の要領を得ない報告に苛立ったまま、また外に飛び出していった。双季蓮生を捜し続けるつもりのようだった。

しかし伊佐は、ぼんやりとしたまま座り込んでいた。頭の中が混乱していて、整理がつかないのだっ

た。

　そこに、他の者たちから報告を受けていた千条がやってきて、

「大丈夫かい?」

　と訊いてきた。しかしその声にも表情にも心配そうな感情が全くないので、ほとんど嫌がらせか絡んでいるようにしか聞こえなかった。伊佐はため息をついて、

「おまえの方は、身体に損傷はないのか。派手に突っ込んでいたが……」

　と訊き返した。千条は首を横に振った。

「感知できる範囲内でのダメージはないね」

「攻撃はされていなかったんだな?」

「そうだね、ただ、避けられただけだ——というよりも、僕の動きがまったく相手に触れなかったんだが」

「おまえより速かったというのか——そんな馬鹿な」

「僕の認識内では、相手が速かったというよりも、僕が外した、という方がより正確かも知れないね」

「どういう意味だ?」

「だから、僕が手を伸ばしたときには、もうその空間には双季の身体はなくなっていたんだよ。行動の軌道を予測されていたのかも知れない」

「……思考を読まれていた、とでもいうのか?」

「あるいは機能障害でも引き起こされたのか、その辺は分析の必要があるかも。何しろ僕としても初めての状況だから」

　言葉だけ見ると、失敗してショックを受けている、と取れなくもない。

「いずれにせよ、こんな事態は初めてだ——俺たちのやってきたことを全部、考え直さなきゃならない……」

　伊佐が頭を左右に振ったとき、彼の懐の携帯電話が着信を告げた。

　サーカムの特殊回線にかかってきた電話は、たと

え非通知に設定されていようと、即座に検索されて、その所有者が割り出される。しかし、この発信元は『西秋有香』という見たことも聞いたこともない平凡な女の名前だった。彼は眉をひそめたが、それでも出てみた。

「……もしもし」

〝ああ、さっきはどうも〟

電話の向こうから双季蓮生の、何事もなかったかのような声が聞こえてきたときは、さすがに伊佐の背筋が凍りついた。

「な……！　き、貴様《きさま》……!?」

〝話は途中でしたからね――麦田さんは、なかなかおっかない人ですから。どうです、ここはひとつ仕切り直しませんか？　あなた方にその気があるなら、今日中にこれから言う銀行口座に――そうですね、前金ということで五十万ほど振り込んでくれませんか〟

そして番号を読み上げる双季の口調には、まったく淀《よど》みがない。脅している感じも、逆に焦っている感じもない。

「な、なんだと……？」

〝私に聞きたいことが、あなた方にはもう残っていないというならば話は終わりですが――どうします？〟

「ぐっ……」

伊佐は返答に詰まった。だが……考えるまでもない状況である。

「……わかった。要求通りにしよう。しかし、その後はどうする」

〝金が入ったのを確認してから、こちらからまた電話しますよ。ああ、念のため――私が拾ったこの携帯電話と銀行カードの落とし主が、回線と口座の封鎖を求めてきても、それを受け入れないでおいてくださいよ？〟

すこし悪戯っぽい口調でそう言われて、そして電話は一方的に切れた。

「…………」

「…………」

伊佐と、今の話を横から聞いていた千条は思わず顔を見合わせた。切れたと思っていた糸がつながったわけだが、しかし、しかし——。

（しかし、打つ手があるのか……？）

くそっ、と腹が立ってきた伊佐は手元の携帯電話を壁に投げつけたくなった。するとその瞬間、またしても携帯が着信を告げてきたので、伊佐は、

「——わっ！」

と驚いて電話を取り落としてしまった。それを横から千条が、さっ、と手を出して受け止める。そして、

「君に電話だよ」

と言わなくてもいいことを言う。

「わ、わかってる——誰からだ？」

伊佐はバツの悪い感じをごまかすために、ややぶっきらぼうに訊き返した。しかし相棒の答えに、またしても仰天《ぎょうてん》する羽目《はめ》になる。千条は無表情で、

「東澱奈緒瀬だよ」

と答えたからだ。

「な、なんだと……？」

彼らと同じようにペイパーカットを追っているはずのライバルが、どうしてこんなタイミングで連絡してくるのだろう？

「……もしもし」

伊佐は警戒しつつ、電話に出た。

すると電話口の向こう側で、少し息を吐くような気配がして、いきなり、

〝……伊佐さん、申し訳ありません〟

と、お嬢様はあやまってきた。

「な、なんだ？　どうかしたのか？」

いつもの強気な調子の彼女とは正反対の様子に、伊佐はとまどった。

〝あなた方が、今——会っていた男のことですが、あの双季蓮生という男のことを、我々は以前から知

っていました〟

「ヤツのことを知っているのか？」

〝はい、ですがそれは、別にペイパーカットに関係している可能性があるから、というのとは別のことでなのです。そのため、あなた方にこの情報を告げることをためらっていたのです——しかし、もうそうも言っていられない状況になりました。双季蓮生自身が出てきてしまっては——〟

「……ちょっと待て。あんたは今、こっちのことを監視しているようだが——」

そうでなければ、そこまで情報を摑んではいないだろう。東澱は警察にも強い影響力があるから、既に知っていてもおかしくはないが、しかし、

「——どうして、陰からこそこそと見張るような真似をしているんだ？　いつものあんたなら、堂々とこっちに来てるはずだろう」

〝……はい。その通りです〟

奈緒瀬の声には力がなかった。伊佐は不安になってきた。

「なんだ？　あんたは今、どこか悪いのか？」

〝え？　ああ、いや——そうではないのです。身体の方は健康です。そうじゃないんです——問題は、わたくしではなく、あくまでも双季蓮生の方にあるのです。まず最初に言っておくと、彼は半年前までは刑務所に収監《しゅうかん》されていました。囚人だったのです〟

奈緒瀬の声には苦渋《くじゅう》の色が滲《にじ》み出ていた。とても言いたくないことを口にしようとしているのだった。

「囚人？　ヤツは過去に何をしたんだ？」

伊佐の質問に、奈緒瀬は即答しなかった。一呼吸おいて、そして彼女は絞り出すようにして、

〝双季蓮生は、東澱光成《みつなり》——つまりわたくしの父を殺害した容疑で逮捕されたのです〟

と言った。

CUT/3.
Didia & Soldiers

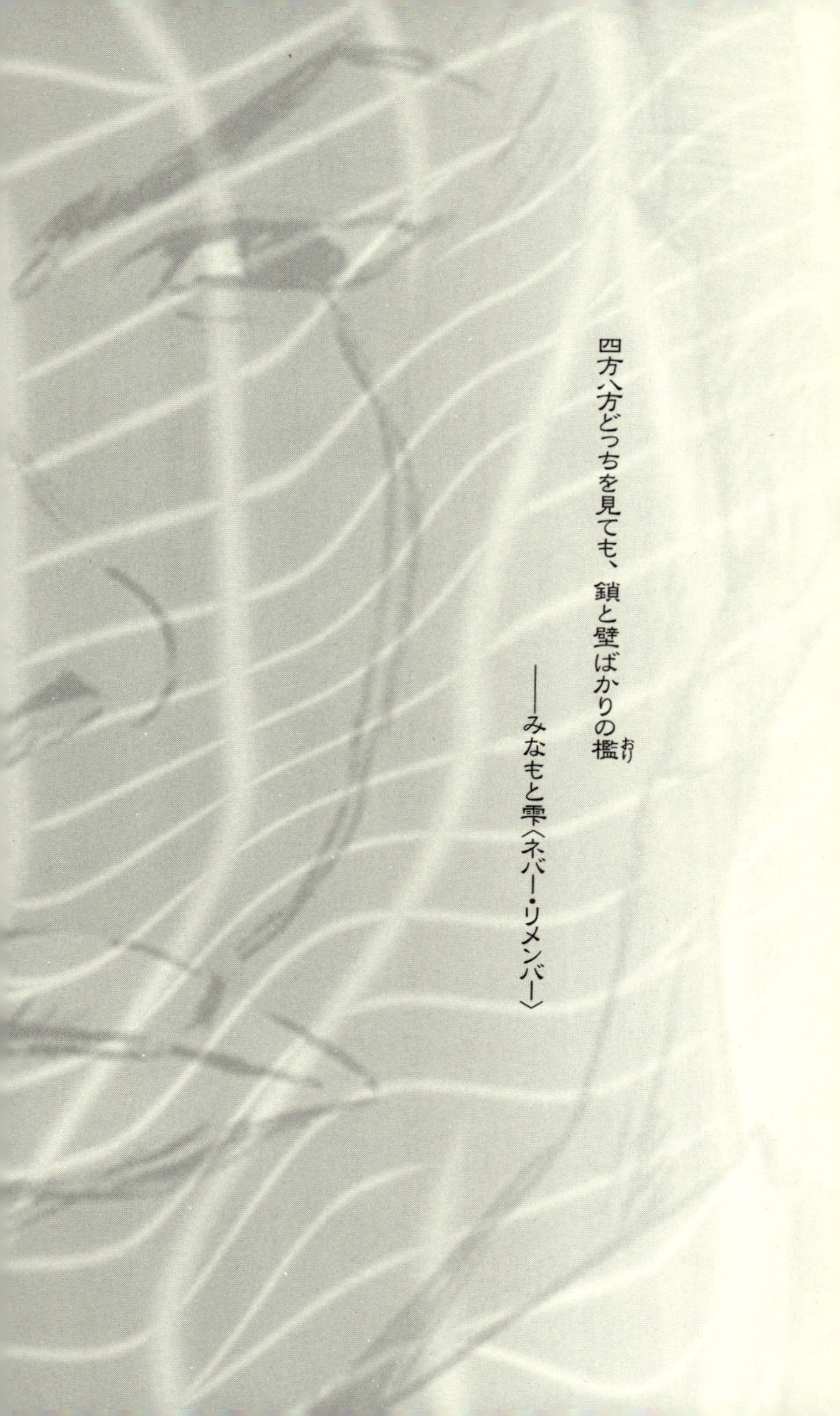

四方八方どっちを見ても、鎖と壁ばかりの檻《おり》

――みなもと雫〈ネバー・リメンバー〉

1

双季蓮生は、記録ではごくふつうの、ありふれた男でしかなかった。

早くに両親を亡くし、その遺産を元手に個人経営の輸入雑貨店を経営、軌道に乗せて、そのまま地道に働き続けていたという、そういう人生だった。店の経営そのものの方は人に任《まか》せて、自分はしょっちゅう新しい商品の仕入れのために外国を飛び回っていたらしい――そして彼が東瀲光成と出会ったのも、そういう海外旅行の最中でのことだったとされている。小さな雑貨屋の親父と、いずれは数々の大企業を支配する名家を継ぐことになる御曹司《おんぞうし》と、この二人にどのような共通点があったのかはわからないが、とにかく二人は意気投合し、親友同士になったという――その関係はかなり長く続いた。最後に、東瀲光成が逗留《とうりゆう》していたホテルの一室で撃たれて死ぬ寸前まで。そのときに現場にいたのは、全身に返り血を浴びて真っ赤に染まっていた双季蓮生ただ一人だった。

＊

「……そして、双季蓮生はそのまま、ただちに現行犯逮捕、すぐに起訴されて、無期懲役の刑で収監《しゆうかん》されていたというわけです」

奈緒瀬は、できる限り冷静になろうとしながら、その説明を続けていた。

〝……ちょっと待て。そのホテルってのは、具体的にどういう場所だったんだ？　東瀲が警備していた場所じゃなかったのか？〟

電話口の向こう側から、伊佐が鋭く訊いてきた。

奈緒瀬は、さすがだ、と思った。すぐにおかしなところに気づいたようだ。

「……あなたが何を不審に思っているのか、私にも見当はついています。そしてわたくしの個人的な見解は、一般的なものとは異なっています」

まわりくどい言い方しかできないのが、彼女自身にももどかしい。

〝おい、それは、まさか――〟

伊佐が言いかけたが、奈緒瀬はこれをあえて無視して、

「とにかく伊佐さん、双季蓮生の名前が出てきてしまった以上、これはもう単なる脅迫事件ではなくなりました。そしてわたくしにとっても、ペイパーカットを追いかけるだけの仕事だと言い張れることではなくなりました。事はもう、東澱の一族全体の問題になってしまって、わたくしの介入できる範囲はほとんどないのです――そこにも、今にも来ます」

と、やや焦《じ》れながら一方的に言った。

〝来る？　何がだ？〟

伊佐がそう訊きかけたところで、電話の向こうが急にざわざわと騒がしくなった。レストランで何かが起こったのだ。

（――やはり、この回線それ自体が盗聴されていたわね）

奈緒瀬はため息をついた。


「な、なんだ？」

通話中だったが、伊佐はびっくりして顔を上げた。突然に、レストランの中に大勢の外人の男たちがどかどかと踏み込んできたからだ。

全員がスーツ姿で、ネクタイまできちんと締めていたが、しかしそれでも伊佐には一目でわかった。

（なんだこいつら――軍人か……？）

プロの鋭い身のこなしを隠そうともせずに、店内に厳しい視線を巡らせている。

「な、なんだおまえらは？」

杉原という若い刑事が、外人たちに質問しようとしたが、そいつらは外国語で何かを言ってきたので、反応に詰まってしまった。

そこで千条が立ち上がって、

「現在、ここは警察が封鎖しています――すぐに退出してください」

と、そいつらと同じ言葉で言った。

すると黒い肌の、外人たちのリーダーらしき男が振り向いて、

「おまえたちがサーカムのメンバーだな？　千条雅人と、伊佐俊一――」

と睨みつけてきた。厚めの唇の上に、頬から大きな傷痕《きずあと》が走っていた。頭上から大型ナイフなどを思いっきり振り下ろされた傷だった。本気の殺し合いの状況下でないと、そういう傷はできないことを伊佐は知っていた。

「おまえたちは何者だ」

伊佐は、相手の喋る言葉は理解できたが、あえて日本語でそう訊いた。わからないはずがないと判断したのだ。

するとと相手も、その考えを理解したようで、かすかにうなずいて、

「我々は東澱グループ本社の者だ」

と流暢《りゅうちょう》な日本語で言った。

「本社……？　ということは――」

「そうです。私たちは、東澱時雄《ときお》の代理人です」

レストランに、不意に女の声が響きわたった。

そして外人の男たちの間から、一人のまだ若い日本人女性がひとり、姿を現した。

その顔に伊佐は見覚えがあった。一応、彼も東澱グループの人間のリストはチェックしている。

「あんた――副社長の……」

「はい、東澱マルチサービスの漆原《うるしばら》と申します。どうかよろしく」

その女は伊佐に向かって手を差し出してきた。

漆原沙貴《さき》――彼女を知っている者は、業界の中でも特に事情を知っている者に限られるだろう。東澱グループの中でも、他の部門の尻拭《しりぬぐ》い専門の裏方に徹している目立たない関連企業のひとつに属してい

るからだ。奈緒瀬がやっている警備関連会社と業種内容が一部かぶる上に、規模も小さいからだ。

だが、この企業は様々な尻拭いをしているために事実上、東澱のあらゆる部門に関わっているとさえ言えるのだった。そしてその他の会社の大半が、社長は別の人間が担当している事が多いのに対して、そこの社長は奈緒瀬の兄にして、東澱グループの現会長である東澱時雄が自ら兼任しているただひとつの企業でもあるのだった。そのためグループ内でこの会社の事を示す隠語として〝本社〟という言葉が使われている。

つまり、時雄が自分の好き勝手にやりたいときに他の関連企業に入れる横槍《よこやり》――それが東澱マルチサービスであり、それだけは実質上、今もグループを支配している前会長の祖父、東澱久既雄《くきお》の影響がまったく及ばない、いわば時雄個人の〝親衛隊〟といえる存在なのだった。

(その副社長が、この漆原という女――東澱時雄の片腕という訳か……)

伊佐が、伸ばされた握手に対してどう反応すべきか、と迷っていると、沙貴はすばやく手を伸ばしてきて、彼の手の中にあった携帯電話を取り上げてしまった。

「な――」

伊佐が唖然《あぜん》としているのを無視して、沙貴はその電話口にそのまま出て、

「これはこれは、奈緒瀬様――ご苦労様です」

と話し始めた。

「こちらの方は、私どもが処理いたしますので、奈緒瀬様は報告をお待ちください。すべてお任せくだされば、完璧《かんぺき》なレポートを提出いたします」

一方的に勝手なことを言い立てているようだった。伊佐が顔をしかめると、それが合図だったかのように千条が身を乗り出してきて、

「その電話は我々の所有物です。無断使用は許可していません」

と、沙貴に向かって遠慮なく詰め寄ろうとした
――その瞬間、ばっ、と立ちはだかる影があった。

さっきの黒人だった。突き出された千条の腕を、両手でがっちりと摑んでいた。

「………」

千条は黒人に視線を向けた。そして、

「今すぐに離すのならば、あなたに負傷をさせないと保証できますが」

と、およそ迫力というもののない声で、恫喝《どうかつ》そのものの言葉を述べた。これに黒人の方も、

「おまえが沙貴に手を出さないと言うのなら、電話も返すし、関節も破壊しないと約束しよう――いくら苦痛がなくても、曲げる軸がなければパワーを発揮できないぞ」

と淡々とした口調で返した。

「――!」

伊佐の、サングラスの奥の眼が鋭くなった。

(こいつ――千条のことを知っている……!)

ロボット探偵の性能を知っていて、なおそれと一対一で戦うことを恐れないのだ。ただ者ではない。

「よせ!」

あわてて間に割り込んだ。そして沙貴に向かって手を出して、

「返してくれ」

と言うと、彼女はあっさりと電話をよこした。

伊佐は電話の向こうの奈緒瀬に、

「あとで掛け直してくれ」

と言って、そのまま切った。

千条と黒人は、何事もなかったかのように、そのまま離れた。しかし千条の服の、摑まれた腕の肩の縫い目が破れてしまっていた。そして相手の袖口《そでぐち》のところも裂けていた。千条の小指が引っかかってい た辺《あた》りだった。停止しているように見えた二人は、実は互いに動こうとして、それを封じあっていたのだ。

「そんなにピリピリしないでください。私どもは、

別にあなた方の仕事を邪魔しようというわけではないのですから」

沙貴がすました顔でそう言った。全然誠意の感じられない声だった。

伊佐はあえて、女の方には返事をせずに、黒人の男を睨みつけた。そして訊ねる。

「おまえ、名前は？」

男もまた伊佐のことを正面から睨み返して、

「ディディオ」

と名乗った。

「むろん通称だ。本名は、どうせおまえには発音できない」

その静かな口調には、自分の名に対しての強い誇りも感じさせた。

「…………」

伊佐とディディオ、二人の男はしばしの間真っ向から対峙《たいじ》した。その沈黙を沙貴が破った。

「――さて、あなた方が双季蓮生と何を話していたのか、それをお聞かせくださいませんか」

そう質問されたが、これに伊佐は即座に、

「断る」

ときっぱり言った。沙貴は、この拒絶にも眉一つ動かさず、

「ほう、それはどうして」

と、静かに訊き返してきた。

「あんたらの目的はなんだ？　双季蓮生を捕らえることか？　それならいくらでも協力するが――そうじゃあるまい」

「…………」

沙貴の唇には薄い笑いが浮いている。伊佐の意見をまったく聞く気がないのだった。

そして腕を組んで、人を見下すような口調で、

「サーカム保険は、正面切って私たちと対立しろとあなたに命じているのですかね？」

と言い放った。しかしこれに伊佐はひるまず、

「サーカムの筆頭株主は、東澱じゃない」

と言い返した。ここまであからさまな抵抗を受けて、さすがに沙貴の顔にやや訝《いぶか》しげな表情が浮かんだ。

「……ペイパーカットの方が、我々よりも脅威だと思っているのですか？」

この問いに、伊佐はもう返事をしなかった。無言のまま、後ろを向いてレストランの出口の方に向かって歩き出す。千条もその後に続いた。

「ちょっと――」

と沙貴が呼び止めようとしたところで、その肩をディディオが摑んで、首を横に振った。無駄だ、と眼で言っていた。

む、と沙貴の眉がひそめられる。

その間に伊佐は茫然とその場に立ちすくんでいた杉原刑事に、

「麦田さんに、深入りするなと伝えておいてくれ――じゃあな」

と言って、千条を引き連れてその場から去っていった。杉原はただ、口をぽかんと開けて見送るだけだった。

その背中に、沙貴が冷たい声で、

「保険会社はともかく、警察の方には細かい状況を説明してもらいますから。文句は言わせませんよ。これはそちらの署長の同意を得ていることです」

と告げる。杉原はぎくしゃくとしながら、沙貴の方を振り向いて、

「な、なんなんですか……？　双季蓮生って、いったい何者なんですか？」

とおびえた声で訊くと、沙貴は肩をすくめて、

「法律的には、要するに脱獄囚です」

と答えた。

2

「……なんだと？」

街中を走り回って、麦田刑事は双季蓮生の姿を追

い求めた。しかし拾えた情報はたったひとつだった。

「おい、嘘じゃねえだろうな？」

「ほ、ほんとだよ――確かにそんな感じのじじいだったよ。妙にニコニコしてて――」

「それが、若い女と一緒にこのホテルに泊まったってのか？」

「あ、ありゃあたぶん未成年だぜ。孫みたいなのを相手にして――あのじじい、きっと変態――」

ホテルのフロントの若い男がそう口を滑《すべ》らそうとした瞬間、麦田の手が伸びてその襟首《えりくび》を摑みあげていた。

「――ぐえ……？」

「事情も知らないで、知ったようなことを抜かすんじゃねえ……！　余計なこと喋ると、首をへし折るぞ。あの男が少女買春なんかするはずがねえんだ。あいつにも、昔――」

言いかけて、麦田は途中で口をつぐんだ。この男相手に言っても意味のないことを言いそうになったのだった。

「――宿帳はないのか？」

鋭く訊くと、男はがくがくとうなずいて、宿泊カードを出してきた。そこには若い女の字で、双季蓮生と書かれていた。だがその住所が刑務所のもので、しかも間違っているのが訳がわからない。

（なんだこりゃ――偽装にしては名前がはっきり書いてある……なんのつもりだ？）

麦田は、そのカードを取り上げて、ポケットにしまい込んだ。

「こいつは押収《おうしゅう》するぞ。それから――他の警官が来ても、今言ったことは言うな。麦田に話したと言えば、それで済むからな。わかったか？」

脅しつけながらそう言うと、男はがくがくとうなずいた。

麦田はホテルから出ると、曇り空を見上げて、ちっ――と舌打ちした。

（なんのつもりかさっぱりわからねえが——双季は、少なくとも真剣に身を隠そうとかしていないことだけは確かだ……だが少女だと？）

色々なことが嚙み合わない感じがした。頭を冷やすために彼は煙草をくわえて、火をつける。しかし一服めを吸い込もうとしたところで、携帯電話が鳴った。着信音からして、署からだ。また舌打ちして、麦田は電話に出た。

〝——何をしている！〟

いきなり怒鳴られた。部長の声だった。だが麦田は煙草を一息吸って、吐きながら、

「何かご用ですかね」

としれっとした口調で訊いた。

〝ふざけるな！　何度呼び出したと思っているんだ！　今、何をしているんだ！〟

「だから捜査ですよ——東瀬に協力しなきゃならんのでしょう？　その下拵《したごしら》えをしているんですよ、私は」

投げやりにそう言うと、部長が口ごもり、

〝な、なんでそれを知っている？〟

と訊いてきた。この部長は、最近赴任《ふにん》してきたばかりで、以前の事件を知らないのだ。しかし麦田は答えてやるつもりもなく、

「双季蓮生が出てきたら、東瀬も出てくるに決まっているんですよ——よろしく言っといてください。じゃあ」

麦田は一方的に電話を切って、そして電源も切ってしまった。

そして煙草をくわえながら、歩き出す。

（待ってろよ、双季——今度こそ、おまえからきちんと話を聞きだしてやるからな——おまえが脱獄したというのなら、もう一度、この俺の手で逮捕してやる……！）

＊

（わ、わわ……ホントに五十万が入ってる……！）

コンビニエンスストアのATMで、自分名義の銀行口座に金が振り込まれているのを確認した有香は、動揺のあまり手にしていたバッグを落としかけた。

思わずはっとなって周囲を見回すが、誰も彼女のことなど見ておらず、レジの店員も商品の補充などをしている。彼女は震える手で、とりあえず十万円を引き出した。

金を入れた財布を握りしめるようにして、完全に挙動不審の有香はぎくしゃくと人形みたいな動きで、双季の待つ公園ベンチに戻ってきた。

「やあ、ご苦労様」

双季は相変わらず、落ち着いた表情で微笑みながら出迎えた。

「ま、ま、魔法みたい……どうして貯金が増えてるの？」

「それは、しかるべき取引をしたからですよ」

「だ、だってあたし、なんにもしてないのよ？」

「何かを成し遂げた気がしなくても、人間というのは様々なことを知らず知らずにしているものです。これもそういったものですよ」

「い、いや——ええと……」

有香はまだ信じられない、という顔で、財布を開いて中の紙幣を覗き込んだりしてしまう。

今回の家出の前に、バイトして貯めていた金は結局二十万円くらいしかなかったし、それをちびちびと使い続けて、ほぼ使い切ってしまっていた……でも今は、その半分の金があっさりと財布の中にあり、口座の中にはもっとたくさん——そのことの意味が、まだよくわからない。

「も、もらっていいの？」

「もらうも何も、それはあなたのお金ですよ。あなたが正当な取引をした結果のものです」

「そ、双季さんは？　そうだ、取り分とか——」

「まだ取引は途中ですからね。私の分は、全額が入ってからにしてください」

双季は涼しい顔でそう言う。

「そ、そっか……まだ途中なんだ」

「この金を受け取ってしまった以上、保険会社の人とまた会って話をしないといけませんからね」

「で、でもなんか向こうも揉《も》めてるって言ってたわよね?」

「ええ。ですから場所を変えた方がいいでしょうね。少しここから離れたところの方がいい——」

「な、なるほど」

有香はうなずいて、でもすぐに首をかしげて、

「でも、どこに行くの?」

「相手の言いなり、というわけにはいかないでしょうね。こちらで指定しなければ」

「安全なトコ? でも——」

有香は顔を伏せた。

そんなもののアテなんて、彼女にはない。友達も何人かいるけど、正直——とても頼りにはならない。

「——でも、だったら誰も知らないようなところにしましょうよ。そうよ、思い切って、遠いところに——」

「なら、海が見える公園とかはどうです? 港町の近くの、潮風が吹いているような場所とか」

双季はさりげない調子でそう言ったが、それを聞いた有香の方は、ぱっ、と顔を輝かせて、

「そう、そうよ! そういう感じよ。どこかいいところ知ってる?」

「ええ。ですが、少しここから離れていますが——電車で結構、乗り継いでいかないと」

「ああ、かまわないわよ。ていうか、そんぐらいの方がいいのよ。ちょうどいいわ。大丈夫、交通費ならこうしてたくさんあるんだから!」

有香はなんだか、この双季と出会ってから初めて、自分の意志で物事を決められたような気がしていた。

「わかりました。それじゃあ、先に移動してから、保険会社の人に連絡しましょうか」

「やっぱ先回りとかは、されない方がいいわけよね？」

うんうん、と有香はまるで自分がアイディアを思いついた本人であるかのようにうなずいた。

「じゃあさ、どうせなら電車、寝台列車でいいんじゃない？　もう今から行っちゃおうよ」

昨日のホテルには、もう二度と行きたくないし、他にどこか行くところがあるわけではないのだ。

「あなたが、それでいいなら」

双季はまったく反対しなかった。


それで有香は、駅のサービスセンターへとやってきた。双季はどうしても金を預からないというので、仕方なく彼女が一人で受付に行こうとした。

その足が、途中でぎくっ、と停まった。

入れ替わりのような形で、センターから一人の男が歩み出てきたからだ。

（わ、この人――）

その苦虫《にがむし》を噛み潰したような顔をしている不機嫌そうな男は、有香が監視していた例のレストランにいきなり飛び込んできた男――麦田刑事だったからだ。

一瞬焦ったが、しかし考えてみれば彼女のことを知っているはずもない。横をそのまま通って、どこかに去ってしまった。

双季が待っている方角ではなく、反対の方に行ったので、ほっとしながら、彼女は受付に行って、メモしておいた行き先の切符を二枚買った。

買うときに、なぜか受付の駅員がやや怪訝そうな顔になったのがちょっと気にかかったが、それで止められるということもなかったので、小走りに駆けて双季の待っている場所まで戻っていった。

（しっかし、変わったこともあるもんだなあ……）

走っていく少女の後ろ姿を見ながら、その駅員は首をひねっていた。

(この駅から寝台の切符を取る人間なんて滅多にいないのに――二人連続で、しかも行き先まで一緒の客が続けて来るなんてなあ……?)

3

「…………」

駅前の、それほど高級でないホテルの一室で、東澱奈緒瀬はソファーに身を沈め、テーブルに頬杖《ほおづえ》をついて考え込んでいた。

するとその横に立っていた警護役の男が通信を受けて、奈緒瀬の傍《かたわ》らに来て、
と報告した。

「代表、サーカムの二人が来たそうです」

目立たず、痕跡《こんせき》もないように、あえて高級ホテルを避けて、予約もなしでその日に決めたりしていたのだが、やはりあの二人にはすぐに割り出せたようだ。

「通すように言って」

奈緒瀬が許可を出して、数分後には伊佐俊一と千条雅人がやって来た。

「そろそろ来る頃だと思っていました」

奈緒瀬がそう言うと、伊佐はうなずいた。

「話の続きをしに来たが――あんたにその気はあるのか?」

「正直、気は進みませんが――ペイパーカットの追跡は、お爺様から直々に命じられたことですから――ここですごすご下がっては、逆に問題になりますので」

奈緒瀬はため息をついた。

「東澱の後継者争いに関わることだからな……あんたたち兄妹の本人同士がどう思っているかは関係なく、周囲の者たちが色々とうるさそうだ」

伊佐の言葉に、奈緒瀬はやや眉間《みけん》に皺《しわ》を寄せて、

「漆原女史のことは、気にしないでください――兄

が、自分の意志をあまりはっきりと表明しないもので、あの人がそういう役を殊更《ことさら》に担《にな》っているのです。特にわたくし相手には、決して退《ひ》かないのがあの人の仕事のようですから」

と投げやり気味に言った。そしてここで奈緒瀬は、周囲の警護役の者たちに、外に出ていろ、と命じた。多少渋い顔をしたが、部下たちももう伊佐たちとは知り合いなので、素直に従って出ていく。ただしドアには鍵を掛けず、いつでも飛び込んでいける状態は崩さない。

「――さて、どこから話したものか」

奈緒瀬が困ったように言うと、千条がすぐさま、

「我々に興味があるのは、あくまでもペイパーカットに関係あることだけですので、他のことには触れる必要はありません」

とフォローのつもりか、言わなくてもいいことを言った。

だが奈緒瀬は口元に苦笑を浮かべて、

「しかし、一番触れたくないことに、しっかりと関係していますからね――そのご忠告には意味がありません」

と肩をすくめた。そこで伊佐が、やや慎重な口振りで、

「我々も、双季蓮生という人間について調べたが――半年前に刑務所の中で急に発病し、現在は医療刑務所に移送されて、面会謝絶で収容中、ということになっていたが……それは?」

と訊ねると、奈緒瀬はあっさりと、

「ええ。それは嘘です」

と認めた。

「もちろん東澱が圧力を掛けて、とりあえずそういう形に処理させただけです。実際には双季蓮生は、脱獄したものと思われます」

「しかし、脱獄と簡単に言うがな――そう簡単なもんじゃないぞ」

「しかし、別に脱獄という犯罪行為は、さほど珍し

いものでもないよ。行われたことのない年は滅多にない。ほぼ毎年どこかの刑務所で報告されている。公表されないだけだ」

千条がデータだけの意見を述べた。

「そんなことは知っている。俺も警官あがりだからな——しかし、今回のはそういうありふれたのとは話が違うんだろう？」

伊佐が訊くと、奈緒瀬はうなずいた。

「そうです。きわめて特殊です——不条理、といってても言い過ぎではないくらいに、奇妙な脱獄なのです——」

……そのときの状況については、複数の証言者がいる。ただし誰一人として、それが〝特別な状況であった〟という意識がその時点ではなかったため、証言そのものも曖昧かつ大雑把《おおざっぱ》なものしかない。しかしそれは、逆に言うと如何《いか》にさりげなく、自然に事が進行したかということを表してもいるのだった。

それは、午前中の刑務作業を終えて、昼の休憩時間に受刑者たちが運動場に出されていたときのことだったという。

「あー、鳥が飛んで行くなあ」

谷山という男が、塀にもたれて、空を見上げながら呟いた。この男は薬物取締法違反で実刑を受けたのだった。みんなからはタニさんと呼ばれている。

「鳥はいいよなあ、どこでも平気で飛んでいけるんだからなあ」

「タニさんはこれ以上飛んじまったらヤバイんじゃないの？」

芝村《しばむら》という男がそう言うと、みんな笑った。トラックの運転手だった谷山が覚醒剤のやりすぎで、あからさまにそれとわかってしまうようになってしまったので、事故を起こした際にそのまま捕まってしまったのは、その場の全員が知っていた。

「いやもう、絶対にやらねえから」

「やりたくても、塀の中じゃ煙草も喫《す》えねえもんな」

誰かがそう言うと、他の者が、

「あーっ、しっかし煙草なんて味を全然思い出せねえな」

とぼやくように言った。続いて何人かの者が呟く。

「酒もな。何がうまかったんだろうな――」

「今じゃ一番の楽しみは、正月のごちそうだな」

「そろそろ冬か――また雪で埋まって、当分この運動場にも出られなくなるな」

全員が、なんとなく空を見上げていた。その視界の上を、鳥がすいーっ、と飛んで来て、塀の上に止まった。

塀の高さは四メートルほど――少し離れて見れば、今にも飛び越せそうに思うが、近くまで行くと圧倒的なものとして立ちはだかる高さだった。

「あの鳥に餌とかやれて、飼えたらな。楽しいだろうにな」

谷山がぼそりと言った。

「そんなことしたら、不正配食ですぐに懲罰だよ」

「この前、木原《きはら》さんが引っ張られたのは、手紙に余計なことを書いたからっていうのは、ほんとかい」

「あの人も別の工場に行っちまったからなあ。どうだったんだろうな」

「でも懲罰房だと、五日おきに汁粉《しるこ》が出るぞ」

「カボチャが入ってるのな」

「それは前で、今は違うっていうぜ」

「入ってみて、確かめてみるか」

ははは、と力のない笑いが湧いた。あまり大声で笑うと刑務官に気づかれて、すぐに怒られるのだ。

「でも汁粉しか出なかったら、ソーさんは困るな」

言われて、一人の年老いた四人が顔を上げて、ニコニコと微笑みながら、

「はい、そうですね」

とうなずいた。

「甘いモノが苦手なんてなあ、塀の中じゃなんにも楽しみがないのと一緒だよな」

「そんなことはありませんよ」

老人は谷山の視線に合わせるように、塀の上の鳥を見上げた。

「鳥の鳴き声を聞くのも、空にお天道様《てんとさま》が照っているのを見るのも、それぞれ楽しいことですから」

「ああ、朝、目が覚めるあたりに結構スズメの鳴き声とか聞こえるよな。あれは気持ちいいよ」

「わかるわかる。頭がぼんやりしていると一瞬、子供の頃に戻ったような気がしたりな」

「子供の頃は、よもやテメエがこんなところに来るとは思ってもいなかったけどな」

「そりゃ違いない」

また力のない笑いが起こった。話は他愛なく、とりとめもなく、彼らは変化に乏しい生活の中で、毎日毎日同じようなことばかりを話しているのだった。甘いモノがどうの、鳥がどうのとか、内容は実際に子供の頃に戻っているようなものなのだった。時折それに、自分たちが犯した罪の話が、想い出話のような気楽さで語られるのだった。だから殊更に、その日の話の内容のことも、誰も明確に記憶にないが、しかしなんとなくは覚えている、と言うのだった。

だから——その後でソーさんこと双季蓮生が何を言ったのか、正確に覚えていた者は誰もいなかった。

向こうの方で、誰かが手を振って双季に合図してきた。それを見て、双季は立ち上がって、皆の方をちょっと振り向いて、

「みなさん——人生ってなんでしょうね」

と不思議なことを訊いてきた。は、と他の者たちがぽかんと口を開けたところに、彼は続けて、

「もしも、人の人生のすべてが、たった一つのものと取り替えられるとしたら——その程度の重みしかないとしたら、私たちが苦しんだり、悩んだりする

必要なんて、どこにもないのかも知れませんね――それでは、お元気で」

と言って、かるく会釈して、そのままゆっくりとした足取りで、手招きした者の方に歩いていった。

誰かが突然、急に変なことを言い出すのも、塀の中ではしばしば見られることだったので、特に誰もそれ以上気にも留めず、他愛ない雑談の方に戻った。

「…………」

一人だけ、なんとなく双季の後ろ姿を目で追っていた谷山も、その視界の隅にさっ、と何かが横切ったときに、彼から視線を逸らしてそれを追った。

塀の上に止まっていた鳥が、空の向こうに飛び去っていったのだ。

「……あー……」

意味もなく吐息を漏《も》らして、谷山はその鳥の去った空ばかりを、休憩時間の間中ずっと見つめていた。


だが、このとき双季蓮生を手招きしたのが誰だったのか、そいつにはどんな特徴があったのか、その場にいた者ではっきりと言える者は誰もいなかったのだった。


「……そして休憩時間が終わって、集合が掛けられたときには、もう双季の姿はどこにもなかったというのです」

奈緒瀬はできるだけ冷静に、伊佐たちに状況を説明しようとつとめていた。

「そのときには、もう脱獄していた？」

「それはわかりません。しかしその後に双季蓮生の姿を見た者は、刑務所の中では誰もいません……煙のように消えてしまったのだというのです。信じがたい話ですが……」

「いや――よくわかるよ」

伊佐が苦々しげに、うめくように言った。彼の目の前でも、双季蓮生はまさしく煙のように消えてしまったのだから……。その後で誰にも見つからなかった、というのも納得してしまう。

「いったいどうすれば、あんなことができるというんだ……？」

「なんらかの超能力的なものでは？」

千条が、単に可能性を提示するというだけの、中身のない発言をした。

「それだったら、どうして十何年も塀の中でおとなしくしていたんだ。さっさと出ていたはずだろう。いや、それ以前に捕まりもしなかったはずだ」

「それは一理あるね。でもそこで、脱獄直前に特殊な要因が加わっているわけだ」

千条の言葉に、伊佐と奈緒瀬はそろって、うーん、と考え込まざるを得ない。

「……その、刑務所で休憩中だった双季を、どこからか呼んだという男は、その姿が見る者の間で一致していないのか？」

伊佐が厳しい顔でそう訊ねると、奈緒瀬は少し眉を寄せた。

「それがはっきりしないのです。とにかく、印象がなかったというばかりで。明確に、見る者によってその姿を変えるペイパーカット現象が生じていたという証言はないのです。しかし刑務所の中に、素性の知れない者が入り込んでいて、誰もそれを不審がらなかったというのは、これは明らかに不自然です」

「なるほど、確かにそれは言えるね」

千条がうなずくと、伊佐はますます厳しい顔になり、

「……印象としては、確かにペイパーカットが刑務所の中に入り込んでいたような感触がある話だが――だとすると、ヤツは双季蓮生に〝なにかした〟というのか？」

それはあるいは、人の眼を欺《あざむ》く特殊な力とか……自分と同じものに変えてしまった、とか――血を吸った相手を同類にしてしまう吸血鬼のように。

「二人が話していた、という明確な証言も、やはりありません——全体として、とにかくぼやけている感じですね」

「念のために訊くのですが、そのときに消えたのは双季蓮生だけなのですね？　他の囚人や、刑務官で行方をくらました者はいないのですね？」

千条の念押しに、奈緒瀬は、ええ、とうなずいて、

「いなくなったのは一人です。だからもしかすると、誰か囚人か刑務官の中に、手引きした者がいて、それを隠しているのかも知れませんが、そちらの方は調査途中といえばそうです。いずれにせよ、その所在も身元も、背景も全員、簡単に調べられます。誰も移動していませんから」

「そりゃそうだろう……塀の中にいるんだからな」

伊佐がサングラスの辺りに手をやると、奈緒瀬が、

「電気を消しましょうか？」

と訊いてきた。伊佐の眼は弱っている。サングラスを外したい場合は、周囲の光を抑《おさ》えなければならない。それを訊いたのだ。伊佐はこれに苦笑いを浮かべて、

「ありがとう。お気遣いは感謝するが、別にそこまで疲れていないんでね」

と断ったが、しかし奈緒瀬は、

「そうは見えないから、言っているんです」

と立ち上がり、スイッチを操作して照明を落として、常夜灯《じょうやとう》だけの薄明かりにした。

「…………」

伊佐は奈緒瀬の方を見て、奈緒瀬も伊佐の方を見つめ返した。まるでにらめっこみたいな状態が数秒続き、やがて、

「……どうも」

と伊佐はサングラスを外した。

「どういたしまして」

奈緒瀬も座っていたソファーに戻る。

その間、千条はずっと無表情のまま、ただ二人のやりとりを見ていただけである。そして会話が再開されそうだということを察知すると、

「その刑務所には脱獄の前例はなかったのですか」

と質問した。

「いいえ。現在の構造に改装されてから、三度の脱獄がありました。しかしそのどれもが一ヶ月以内に逮捕されていますが——脱獄というのは、してからの方が難しいということですね」

奈緒瀬は、すでに自分でも何度も何度も検討したことなので、答えにも淀みがない。

「塀を何らかの手段で乗り越えたり、あるいはこっそりと出入り口から抜け出せたとして、そのルート自体は事後にすぐに判明しますし、外部に協力者がいないとそもそも長距離の逃走も潜伏も不可能です。その協力者にしたところで——」

「……捕まっている時点で、その囚人についての調べはついているから、かなり簡単に割れてしまう、か」

伊佐が眉間を指先で揉みしだきながら呟いた。

「人間関係というのは、そうそう広げられるものではないということですね」

千条はそう言って、そして、

「しかし今回の場合、その協力者というのがもしかしたらペイパーカットかも知れない、と」

そう核心を突いた発言をした。奈緒瀬はこれにうなずいて、

「塀には乗り越えられた跡《あと》も、破壊された箇所も何もありませんでした。刑務官の素行調査も徹底的にやりましたが、何も出ません。他の不正は四つも見つかりましたが、この件に関しての怪しい面はどこにも見あたりませんでした。そもそも、不正というのは何らかの役得がないと成立しないのに、双季蓮生の場合は外部に支援者など誰もいないのです。なにしろ——」

と言いかけたところで、すこし口をつぐんだ。

伊佐はそんな彼女の横顔をしばし見つめていたが、やがてぼそりと言った。

「双季蓮生の、罪状が罪状だから――か？」

「…………」

奈緒瀬はなかなか返事をしなかったが、千条が遠慮なく口を開いて何かを言いそうになると、その一瞬前に、

「――そうです。東澱に楯突《たてつ》いてまで、双季蓮生の味方をしようという者はいません」

と自ら言った。言う言葉を先取りされた千条は、発声のために息を少し吸い込んだ、口を半開きにした態勢のまま彼女の言葉を聞いていたが、それが終わると、ぱくん、と口を閉じて、そしてあらためて開いて、

「東澱光成の殺人容疑ですね？　その事件に関しては、我々には資料がほとんどありません」

と機械的に言った。

「そりゃそうです。我々で隠していますから」

奈緒瀬の声はやや投げやり気味で、あまり心痛のような感じはしない。伊佐はそれを確認してから、

「あんたの、その――父親が亡くなった事件だが、あんた自身はそれが今回と関係あると思うか？」

と訊ねた。すると奈緒瀬は唇の端をすこしつり上げて、苦笑いをしてみせた。

「だったら？　わたくしが言いたくなかったら、訊きたくはないとでもおっしゃるんですか？」

「い、いや――別に遠慮するつもりはないが、無関係のことなら嘴《くちばし》を突っ込む気もないってことだ」

「正直に言います。わたくしは父親のことを実際、ろくに覚えていないんです」

奈緒瀬は肩をすくめた。

「生前の彼と、顔を合わせたのは数回あるかないかです。わたくしはほとんど祖母に育てられたようなものですが――父は、家にはほとんど寄りつかなかったので、会う機会も極端にありませんでした。死んだのもわたくしがまだ八つの頃のことでしたし

——覚えていなくても無理はないでしょう？」

父親のことを、彼女は彼と呼んだ。それは明らかに距離を感じさせる呼び方だった。

「むしろ、籍を抜いたはずの母との方が、わたくしと会う機会が多かったぐらいです。その感覚は今でも変わりません」

「ではこの件に関して、あなたの心情を考慮する必要はないということでしょうか？　気を使わなくてもよい、と」

千条がそう言うと、奈緒瀬は、ぷっ、と噴《ふ》き出して、

「どうせあなたには、気を使うことなどできないでしょう？」

とからかうように言った。すると伊佐も少し笑って、

「まあ、そうだな」

と言った。千条だけが首を傾げて、

「そうかな。そうとも言い切れないと思うけど」

と無表情で言った。

「まあ、真面目な話——そんなことを気にしてもいられないというのが正しいんですけれど、ね」

奈緒瀬はすぐに真顔に戻った。

「兄の方こそ、父の死に対して個人的な感情がどうの、なんて気持ちが一切ありませんから——利用するだけです」

「兄というのは、長男の時雄氏ですね。この前にお会いした壬敦《みつる》氏ではなく」

千条がまたしても、言わなくてもわかることをわざわざ確認した。

「当たり前です。あのバカ兄貴と、時雄お兄様とでは全然、話が違います」

奈緒瀬はちょっと怒ったような顔をした。既に戸籍を母方に移してしまっている早見《はやみ》壬敦は、今は独立して私立探偵を営《いとな》んでおり、東澱グループの人間というわけでもないが、しかし対外的にはまだまだ重要な関係者と見なされているのだった。

「まあ、ミミさんの話はいいだろう。それより時雄氏のことだ」

伊佐が話を戻した。彼と早見壬敦の間には奇妙な友情関係があり、相手が彼のことをいっさんと綽名で呼ぶので、彼もミミさんと呼んでいる。

「時雄氏に直接会ったことはむろんないが、有能だが穏当な人物という評判だな——しかし部下があれだからな、そうとも言えない訳か」

「どうなんでしょうか——もしも兄に直接お会いになれば、穏当な印象しか受けないとは思いますが。とにかく、時雄お兄様は一言で言うと〝優等生〟ですから。自分に期待されることには、それがかなり無茶苦茶なことでも、なんとか応《こた》えてしまうというタイプです。今回もそれに当てはまるとは思います」

奈緒瀬はなんともあやふやな言い方をした。別に隠しているわけでもなく、そういう言い方しかできないようだった。

「東澱は、久既雄氏の跡を継ぐべき二代目を息子に確定できなかったことで、対外的にそれが数少ない〝弱み〟になっている——だから孫の時雄氏が二代目を継ぐにはそれを払拭《ふっしょく》してみせなければならない、というところか？　東澱光成氏を——」

伊佐が少し言い淀んだところで、千条が容赦《ようしゃ》なく、

「東澱光成を殺した双季蓮生をのうのうと生かしてはおけない、脱獄したというのなら、その噂が広まる前に面子《めんつ》にかけても殺してしまう——報復ですか。まるでギャングですね」

と淡々とした口調で言った。なんの躊躇も、当然ながらない。

だが奈緒瀬は、この不躾《ぶしつけ》きわまる発言にもまったく動じず、それどころか千条の方を見もせず、伊佐に向かって、いきなり、

「その件について、伊佐さんの意見を訊きたいのですが」

と正面切って質問してきた。

伊佐は少し眉を寄せて、

「……なんの件を？」

と訊き返した。奈緒瀬は彼から眼を逸らさずに、

「ですから、東澱光成が双季蓮生に殺害された事件について、です。それについてあなたはどう思いますか？」

と、そのものズバリの問いかけをぶつけてきた。

4

……列車の窓の外を、景色が高速でどんどん通り過ぎていく。

（――あ、ウチってあの辺じゃ――あー、もう見えなくなっちゃった……）

寝台列車の通路にぼーっと立って、窓にもたれかかるようにしながら、有香は外を眺めていた。

切符を買った後で、家出してきたその土地のすぐ近くの駅を通ることに気づいて、少しだけ焦ったのだったが、しかしやっぱりというかなんというか――

（……まあ、誰も気がつかないわよね、あたしのことなんか……）

緊張していたのだが、一瞬で馴染みであった景色は遠ざかっていく。

（なーんか、変な感じ……いや、まあ、どうでもいいんだけどね……）

彼女はふう、とため息をついて、寝台の方に戻った。

向かい合わせの席の、閉められたカーテンの先には双季がいるはずだが、しかし物音はまったくしない。

（もう寝ちゃったのかしら……まだだいぶ早いけど）

他の寝台からはごそごそと物音があれこれ聞こえてくる。自分たちのところが一番静かなんだろう

な、と感じた。するとなんだか、その静けさが妙に、変に居心地が悪い。

「…………」

もぞもぞと動いて、上を見たり、下を見たりする。しかしやることなんか、当然のことながらなんにもない。

(ああ、もう、あたしも寝ちゃおう――)

とカーテンを閉めて、横になって、照明を消そうとして、でもそれはまだいいか、と明るいままで放っておく。

「…………」

背中に列車がごとんごとんと揺れる振動が伝わってくる。そんなに激しいものではないのだが、気になりだすと、酔うんじゃないかと心配になってきた。

(う、ううう――)

……そういえば銀河鉄道のなんとかみたいな、あいう宇宙空間を鉄道で旅するといったファンタジーとかSFとかでは、乗り物酔いする客とかはいないんだろうか。途中下車とかも大変そうだし、どうするんだろうか。未来だから酔い止めの薬も発展してるのかな。でもあれって蒸気機関車とかだから揺れも激しそう……ややもやと頭の中で、意味のない考えがぐるぐると渦《うず》を巻いていた。そして、ふと、

(刑務所の牢屋の中でも、やっぱり寝るところとかはこんな風に狭くて、寝にくいんだろうか)

そんなことが気になった。それでつい、

「あのう、双季さん……起きてる?」

と、声に出して言ってしまった。すると即座に、

「はい」

という返事がはっきりとした声で返ってきたので、有香の方がびっくりしてしまった。

わっ、と跳ね起きて、自分の寝台のカーテンを開けると、もう双季は今まで寝ていたのかと思うぐらいに整った身なりで、寝台に腰掛けていた。眠そうな様子はどこにもなく、にこにことしている。

「わ、わわ……あのう」

寝ていなかったはずの有香の方が、どこかぼんやりとしてしまっていた。

「なにか?」

「い、いやその、別になにかってほどでもないんだけど、ええと」

もじもじしながら、彼女はつい、

「ね、寝起きがいいんだね、双季さんて」

と、どうでもいいようなことを口走ってしまった。

すると双季は微笑んだまま、

「それが習慣になってしまいますね、どうしても」

と言った。

「習慣?」

「塀の中では、決まった時間に起こされ、決まった時間に寝させられ、そしていつ何時でも、前触れなく叩き起こされるものですからね」

「あ、あー……そういうものなんだ。なんか軍隊みたいね」

「決して戦ってはいけないのですけどね。強くなってもいけませんし」

「はは、そりゃそうよね」

「ふつうは、寝るのは夜の九時です」

「うわ、はっやーい……そりゃ早寝にもなるわね。でも眠れるもんなの?」

「いつのまにか、誰でも寝るようになっていくみたいですね。慣れてしまうんですよ」

「ふうん……」

有香は少し唇をとがらせていた。彼女の父親も、今は刑務所の中だ……父もやっぱり、のんきに九時から眠りについて、高鼾《たかいびき》をあげているのだろうか? そう思うと、なんだか不愉快だった。

「……夜中にさ、その——急に誰かが叫んで目を覚ます、とかそういうのはないのかな」

「ああ、ありますよ。でもそれのほとんどが、薬物の中毒症状です。すっかり薬が抜けたと思っていたのに、何年か経って急にぶり返すんです。そういう人は多いですよ。仮病だと思われて、まともに取り扱ってもらえませんしね」

「いや、そういうんじゃなくてさ。その——後悔のあまり、たまらなくなって——みたいな？」

　有香は双季の眼を覗き込むように、上目遣いに見つめた。この老人もまた、何らかの罪を犯したから、刑務所に入っていたわけである。そういう人に訊いていいことなのかどうか、正直わからない。わからないが、しかし訊いてみたかった。そしてこの問いに、双季はあくまでも穏やかな調子で、

「何を言いたいのか、わかりますよ。罪を犯したのだから、そのことを悔やんで悩むべきだろう、というのですね。彼らは後悔しているのか、夜毎に罪の意識でうなされたりはしないのか、と」

「い、いや、そうはっきりとしたもんでもないけど……でも、どうなの」

　双季は、すぐには返事をしなかった。しかし、沈黙が耐え難い長さになる寸前で、彼は口を開いた。

「——私は、塀の中でずっと考えていました。そして見てきました。人はどこまで過去の記憶とともに生きられるものなのか、と。想い出したら胸が張り裂けそうになることであっても、いつかは薄れて消えていくのか、それとも——いつまでも刻み込まれて、二度と消えることはないのか。消えないのだとしたら、それがもう、世界には存在しないのに、自分の方はまだ存在しているという断絶は、矛盾《むじゅん》は、どうすれば埋められるものなのか、と——それを探していたのです」

　双季は、有香がぽかん、としてしまっているのにもかまわず、言葉を続けた。

「しかし……その答えは、塀の中にはありませんでした。私の心の中には、もう確かなものが残っていなかったし、他の人々にも、自分が罪を犯して、それを償《つぐな》っているのだという意識は正直、ほとんどなかったと言ってもいい——彼らが悔やむとすれ

ば、それは〝どうしてもっとうまくやらなかったのか、捕まるようなヘマをする前にやめておかなかったのか〟というようなことだけです。これはもう、ほんとうに大勢の者たちを見てきましたから、確信を持って言えます——罪とは、他の者から押しつけられて刑を執行されるというようなことでは、きっと償うことなどできないのでしょう。人が自分の心の中で、それが罪だと自覚しなければ、どんな牢獄もただの暇つぶし——時間の経過にすぎないのかも知れません」

「…………」

有香は、なんと言って返事をしていいのか、どうやって質問をすればいいのか、頭が混乱してしまった。この人の、この言い方には、なんだか……自分は牢屋に入っていて大変だったとか、平気だったとか、そういう感触がどこにもない。感想がない。どこかで全部、他人事のようだ。

ただ見ていた、というばかりだ。

「…………」

有香が黙ってしまうと、双季は優しく微笑みながら、

「私が刑務所に、どうして入ったのかを知りたいのでしょう」

と訊いてきた。有香は、自分がはたしてまだそれを知りたがっているのかどうかわからなかったが、それでも、こくん、とうなずいていた。双季もうなずき返して、そして彼は言った。

「私にはかつて、一人の友人がいました。彼は、自分は他の誰よりも閉じこめられた人生を送っていると嘆いてばかりいて、そして、ここから出してくれ、ということばかり私に言っていました。私は……その彼を救わなかった。彼が求める救いを、私は与えなかった」

「……というと？」

「殺した、ということになりますね」

列車が、ごととん、と少し大きめに揺れた。

＊

「――双季蓮生と父、東澱光成が親しかった、というのは確かなことのようです。それはもう、親友と言ってもいいくらいだったそうです。そのことで父は会社の者たちにいい顔をされなかったというくらいですから――いずれはグループを継がなくてはならない御曹司と、しがない零細《れいさい》貿易商人では、確かに釣り合いが取れませんと言われても仕方なかったかも知れません――しかし父は、双季氏以外には誰にも心を開かなかったと言います。――まあ、少なくとも娘には開いていませんでした」

奈緒瀬はため息混じりで、伊佐たちに説明をしていた。

「……あんた自身は、双季に会ったことがあるのか？」

伊佐が訊ねると、奈緒瀬は首を横に振った。

「いいえ。家族では誰も会っていないということです。祖父も、祖母も、私の母も、兄も――あのバカも」

「バカというのは壬敦氏のことですね？」

千条がまたしても、言わずもがなのことを言う。奈緒瀬はもう彼には返事をせずに、伊佐に向かって説明を続けた。

「そして問題の日にも、近くに家族は誰もいませんでした。当時の父の恋人――愛人だか次の妻候補だったりした人も、その時にはいなかったそうです。父は一人でホテルにこもって、何日もそこから出ようとしなかったそうです」

「そのホテルは、今は？」

「今はありません。事件の直後に取り壊されましたから」

「東澱の所有だった、というわけか？」

「そうです。そしてそこに、双季蓮生がやって来たんです――フロントに〝約束があるから〟と言って。そして係の者が父に連絡を取ると、確かにそうだと言われたので、双季はそのまま最上階のスイートルームにまで通されます——そして二時間後、父は死体で発見されるのです」

「射殺だと言っていたな。その拳銃というのは？」

伊佐の言葉に、奈緒瀬は少し口をつぐんだ。そして、

「この頃の父の口癖は〝僕は閉じこめられている〟だったそうです。周囲から掛けられるプレッシャーと、背負っている責任の重圧から逃げることばかり考えていたようです——ほとんど神経症だった、という話もあります。そして拳銃も、もちろん父の所有する物でした」

と、落ち着いた口調で言った。やや冷淡、とさえ受け取れる眼差しがあった。

「あなたの言っていることには、ある一方向への傾向が如実《にょじつ》に見られますが、それがあなたの個人的な見解だと受けとめてよろしいのでしょうか？」

千条がまた、なんの躊躇もなく、変に回りくどい癖に容赦のない言葉を重ねた。これに奈緒瀬は、

「はい」

ときっぱりとうなずき、そして伊佐が何も言わなくても、みたいなことを言いそうになっているのを見てとり、その前に、

「私は、父は自殺したのだと思っています」

と断言した。

「……完全に決めつけることもないだろう」

伊佐が苦い顔でそう言うと、奈緒瀬は首を左右に振って、

「他に考えられないのです。拳銃は父の物で、訪れた双季氏は父に呼び出された。そして二人は友人だった。双季氏が父を殺す動機など、どこにもないのです。そして父は、彼は死にたがる理由には事欠かなかった——人生に絶望して疲れ果てていたんでしょう。どんなに富と権力があっても、それが自分に喜びをもたらすどころか、心をすり減らすだけだと

思いこんでしまった者を救うことは誰にもできません」

と落ち着いた声で言った。その件に関しては、もう心の整理がとっくについていています、とでも言いたげな表情だった。

「すると、双季氏は単に巻き添えになったということですか」

千条がもっと淡々とした声で質問した。するとそこで奈緒瀬は、初めて悲しげな顔になった。

「……だと思います。申し訳ないことをした、と思っています。彼は、単に身勝手な友人が自殺する現場に居合わせただけなのに、無理矢理に犯人に仕立てられてしまったのでしょう。東瀲の後継者が自殺した、というのは体面《たいめん》が悪すぎるから、というだけの理由で」

「それは東瀲家自身が警察を抱き込んでのことでしょうか？　それとも権力におもねろうと検察などが自主的にそうしたのでしょうか？」

千条が質問すると、奈緒瀬は首を横に振る。

「その辺は、わたくしがこういう仕事に関わるようになったのが遅すぎますから――今ではわかりません」

「爺さんに、直接訊いたのか？」

伊佐が口を挟んできた。え、と奈緒瀬はぎょっとして顔を上げた。それからあわてて、

「い、いえ――まさか、そんなことは……」

と否定した。彼女にとって祖父は、神にも等しい崇拝の対象である。そんなことを訊くなどとんでもないことだ。

「どうして訊かない？」

伊佐は、ここでサングラスを掛けて、そして立ち上がった。照明のスイッチの方に行き、明かりを再び点けた。

そして奈緒瀬の方に向き直り、

「爺さんに訊けば、その辺の事情がわかったかも知れない。爺さんも知らない、ということもありうる

だろう。しかし、訊かなければそのことはわからないんだぞ」

と、強い口調で言った。

「い、いや、ですけど……」

奈緒瀬が困惑するのにもかまわず、伊佐はそのまま彼女を上から見おろすように睨みつけて、

「先になんでもかんでも、自分が想像する範囲内だけで物事を決めつけるな。そんな単純な思いこみだけですべてが理解できるのなら、誰も苦労しない――あんたは、父親と双季蓮生がどんな関係だったのかも、詳しくは知らないんだろう?」

「そ、それは――そうですけど……でも他に考えられないでしょう、この場合は?」

奈緒瀬がややムキになって言い返すと、伊佐はその彼女の視線を受けとめて、

「考えられない、というのは実際にそのことに当たってからでないと言えないことだ。あんたは、まだ双季蓮生と会ってもいないんだからな。死んだ父親を軽蔑するなら、色々と確認してからでも遅くはないだろう。先にあれこれ決めつけて、考えを狭くするな」

と応じた。奈緒瀬はその知ったような言い方に、ついカッとなって、

「あ、あなたみたいにそんな、なんでもかんでも受けとめられるほど、わたくしは心が広くありませんから!」

と怒鳴ってしまった。すると、ドアの外で待機していた警護役たちが、何事かと部屋に飛び込んできた。

「どうかなさいましたか、代表?」

そして伊佐たちを睨みつける。伊佐は肩をすくめ、千条は相変わらずの無表情である。

「あ、いや――なんでもない、別に平気だ。そう、平気……」

奈緒瀬は少し顔を赤くしながら、バツが悪そうに弁解した。

警護役たちはいまいち信用できないようで、伊佐のことをじろじろと睨む。そこで伊佐は、

「……まあ、勝手なことを言ってすまなかった。いずれにせよ、双季蓮生を確保することが我々の共通する目的と思っていいんだろう?」

と冷静に言った。そして警護役の者たちに視線を移して、

「そう、あんたらが東澱時雄よりも先に〝彼〟を捕らえなければ、すべてが終わりだ。時雄の一派は、完全に双季蓮生をこの世から抹殺《まっさつ》する気だ。真相を明らかにすることなど、とんでもないとしか思っていないだろうからな。そうなったら俺たちも、ペイパーカットにつながる重要な手掛かりを失ってしまう――それは困る」

と言った。千条も軽い調子で、困るね、と続けた。これに奈緒瀬の部下たちも、さすがに顔が強張って、奈緒瀬の方に不安げな眼を向けてきた。

奈緒瀬は、ふう、とため息をついて、

「……そうでしょうね、これは。そうするしかない――」

と静かに言った。

「兄と直に話をしようとしていますが、連絡が取れません。時雄お兄様のいつもの手です。どうも面倒なことになりそうだったら、自分は陰に隠れて、部下に手を汚させて自分は知らん顔、という――あの人らしいやり口は、これは向こうが本気だということにしかならないでしょうからね」

「お、お嬢様――」

部下たちが心配そうな眼で彼女を見つめてきた。彼女はこれにうなずいてみせた。

「やるしかない――わたくしが東澱の孫娘である以上は。逃げはしない」

「は、はい……!」

部下たちも、力を込めてうなずき返した。

その緊迫した空気の中で、千条がいきなり、

「こういうときに、内部に裏切り者がいたりするも

のですけどね。注意する必要があります」

と言った。伊佐がさすがに、

「お、おまえなあ――」

と注意しようとして、しかし言われた奈緒瀬たちの方がなんだか妙な顔をしている。

「…………」

それは怒っているというより、なんだか困ったような顔である。それを見て伊佐は、

「あ、もしかして――こっちの方が？」

と呟いた。

CUT/4.
Masato Senjyo

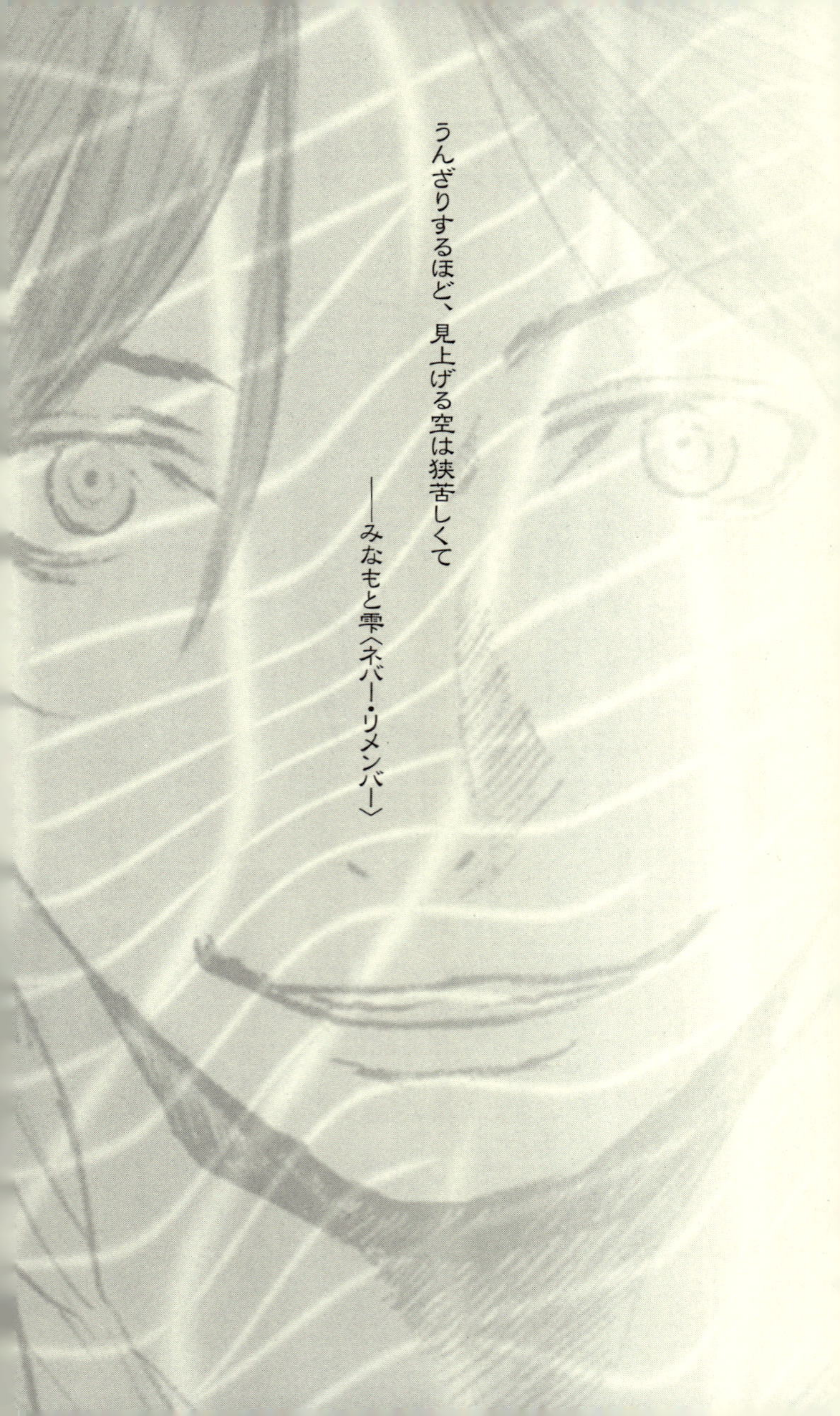
うんざりするほど、見上げる空は狭苦しくて
――みなもと雫〈ネバー・リメンバー〉

1

……それはかつて、限りなく外界から遮断された、塀の内側で交《か》わされた会話であった。

「生命と同じだけの価値があるもの、ですか――それがキャビネッセンス、だと」

「そうだ。それがない人間は存在しない」

「そうでしょうか？　自分がどこにもいないような気がする、生きているのかいないのか、自分でもわからないような人間には、大切なものなど何もないのではありませんか？」

「そう思うかい？　しかしそれはあり得ないんだ。人間が、人間である以上は必ず、他のものと接しようとするし、そこには想いを託すものが必ずある――想わないことはできないんだよ、誰であってもね」

「信じられませんね――いや、それを信じたいという気持ちもありますが」

「しかし、君は生きている。自分では生きている気がしなくても、君にもまた、キャビネッセンスがある――生命と同じだけの重さがある想いが存在しているんだ。君は、自分が何によって生かされているのだと思う？」

「……私には、もうそんなものはないとしか思えないのですが。私にあるのは、自分が取り残されてしまったという虚《むな》しさと、それにただ流されるだけの無気力しかない、と思ってきたのですが……生きる気力がどういうものなのか、もう思い出せない。だからこんな檻《おり》の中にいる――そのはずなのですが」

「それは違うのだろうね」

「……はっきりと仰《おつしや》いますね。どうしてそう断言できるのです？」

「私は、君のことを、人間のことを知っているわけではないんだ。知りたいと思ったから、こうして君の前に現れたのだから。だが――それでも君には、明らかになにか〝理由〟があるんだよ」

「理由――ですか？」

「そうだ。君は、それをなくしてなどいない――それをなくしたときに、人は死ぬのだから。君が生きている以上は、それはあるんだ。だが世界の過酷さは、君に襲いかかったように、その理由そのものも呑み込んでしまって、単なる苦しみに変えてしまうのだろうね――そっちの方には、私はあまり興味はない」

「我々は、苦しみのことばかりを考えて生きているのですよ？　それはどうなのですか」

「なるほど――そういう見方もあるのかも知れないね」

「あなたがどう言おうと、私にはやはり、自分の生命が信じられない――こんなものは吹けば飛んでしまうような、ごくごく軽いものとしか思えない。それこそ紙切れ一枚ほどの重さもないのだと――あなたのご意見とは逆ですよ。価値がないのだから、同じだけの価値があるものも、ない。他のものにはすべて価値があるのだから――」

「ふむ……やはり興味深いね、君は」

……その会話を聴いた者は、二人の他には誰もいなかったが、しかしこの会話がいつ為《な》されたのかということに関してだけは、多くの証言が残っている。この会話をしていた者のひとりが、この直後に姿を消すからである。

＊

夜もだいぶ更《ふ》けてきた頃、寝台列車は駅にやってきて、停車した。しかし当然のことながら、翌朝に到着する駅までは降りる人間はほとんどいない。

乗る人間ももうあまりいないはずであったが、しかしそのときは、いきなり駅のホームから一番近いドアと、一番遠いドアから数名の男たちがどかどかと乗り込んできた。しかも異様なのは、その全員が外人であったことだ。

「な、なんですあんたたち」

思わず車掌がそう訊いたが、彼らはその相手の鼻先に何やら書類を突きつけた。それを見て車掌の顔色が変わった。

「な、なんだって……？」

「いかなる事態が生じても、君、ならびにこの車両の乗務員すべてと駅関係者には一切の法的責任はないし、処罰もない――わかるな」

外人の一人が、流暢な日本語でそう言うと、後ろからさらに、頬から唇に掛けて大きな傷痕のある黒人が乗り込んできた。

ディディオである。

「直ちに発車だ」

彼は車掌の方を見もしないで、そう言った。

「は、発車時刻はあと一分後の予定で――」

「発車だ」

相手の抗議を一切聞かず、ディディオは車両に乗り込んできた。

車掌はあわてて、運転手に連絡を入れた。駅構内に発車を告げるチャイムが、こころなしかいつもよりも大きめに、ヒステリックに鳴り響いた。


「――了解、待機します」

ディディオたちとは反対の方向から乗り込んだ外人たちは、二人一組になって、列車の各部ごとに散っていく。

客の大半は自分たちの席にいるので、さほど気づかれもせずに、事実上この列車は彼らによって制圧されてしまった。

そして最後尾の車両に待機している二人も、しっかりと待機場所に張り付いて、動かない。

とはいえ、一番要所から遠い場所だというので、他の者に比べれば多少リラックスしている空気が漂《ただよ》っていた。直に敵に突っ込んでいくのではなく、呼ばれれば駆けつけるという役割だからである。

「——しかし、今回の任務だが……重要だと言う割にゃなんだか間抜けって思わないか？」

一人が、もう一人に向かってそう話しかけたのも、別に会話が禁じられているわけではないからだ。

「そうなのか、どうしてそう思う？」

「いや、俺だって全部を知ってるわけじゃないが……あのサーカムって保険会社がやけに気にしているっていう〝ペイパーカット〟とかいうのがすべての発端みたいなんだが、こいつがまったく、とんでもなくバカげた話だからだよ」

「ほう、どんなものなんだ」

「これが傑作なんだ、なんでもそいつは誰にでも化けられて、現場に予告状を残していくらしい。怪盗ルパンを気取っているってわけだな。そんなもん、現実にいるわけがない。どうせ何かの偽装で、保険金の支払いで揉めそうなときに持ち出す架空取引の一種なんだろうが——もう少しまともなのを思いつかなかったのかって気がしないか？」

「なるほど、真実味がない、と」

「ソーキという今回の標的は、その保険会社の欺瞞《ぎまん》を突いて金を騙し取ろうとしたところ、我々の網に引っかかったらしい——どっちもとんだ間抜けってわけだ。こいつは楽勝かもな」

「そうかもな」

二人が話しているのは当然外国語で、しかも小声なので他の客の耳には届かないし、聞こえたとしても理解できないだろう。

そして乗客の、中年の女性がひとり、寝台から出てきてトイレに向かおうとした途中で、彼らに気づいて、ぎょっとした顔になった。マークしている相手でもないし、隠れる必要もないと言われているので、外人たちもまったく平然としている。

怖いのなら、その女性はすぐに眼をそむけるだろう——じろじろ見ようものなら、彼らも睨み返す。

だがここで、その気の良さそうなおばさんは、ふいに心配そうに、

「あ、あの、あなた？　大丈夫なの？」

と外人の片方に心配そうな声を掛けてきた。これにもう一人は少し疑問を感じ、おもわずそいつの方を見たが、声を掛けられた者は落ち着いた調子で、

「ああ、別に平気ですよ。問題ありません」

と日本語で答えた。

「そ、そう？　それならいいんだけど……」

おばさんはまだとまどったように、そいつともう一人を見比べていたが、やがて首を振ってトイレの方に歩み去っていった。

「……なんだ、今のは？」

外人の一人は不思議そうに、横にいる相棒のことを見つめた。

「なんであの女は、おまえに妙に馴《な》れ馴れしい口を利いたんだろうな？」

するとお相棒は、物静かな調子に、真面目な表情で、

「さあね。私が、君が見ているのと別の人間に見えたのかもな」

と言った。

「は？」

言われて、男はきょとんとした顔になった。だがすぐにジョークだと理解して、ニヤリと笑った。

「なんだそりゃ、誰に見えたって言うんだ？」

「小さな女の子、とかな」

「ははは！　どんな眼をしてりゃ、そんな風に見えるっていうんだ、まったく！」

「人の眼は、人それぞれだからな――そういうこともあるさ」

男は静かにそう言った。夜景が通り過ぎていく車窓に、一瞬だけ銀色をしたものがちらりと映った。

2

「…………」

列車のほぼ中央の寝台に、横になりながらも鋭い目つきで、地図を広げている男がいた。

麦田刑事である。

地図にはいくつか赤で丸がしてあり、これから行こうとしている場所の周辺を頭の中にあらかじめ入れておこうというのだろう。

だが——その目つきが急に、さらに鋭さを増したかと思うと、彼は地図を放り出して、身を起こした。

それとほとんど同時に、寝台の間を仕切っているカーテンが、さっ、と外から開かれた。その侵入者を見て、麦田はうんざりしたような顔になった。

「黒人さんかい——日本語、喋れんだろうな。こっちはしがないヒラのデカだぞ、英語もろくにわからんぜ」

そう言われた相手は、むろんディディオである。

「あんたよりも、日本各地の色々な方言を聞き取れるよ」

彼はニヤリと笑った。笑うと唇の上の傷が歪《ゆが》んで、かなり凶悪な顔になる。それを自覚しての威嚇《いかく》だろうが、麦田には屁でもない。

「東澱家の使いだろう、どうせ」

「話が早いな」

「前にも経験してるんでね。東澱の奴らの横槍のえげつなさはな」

遠慮なしに言い放った。横に署長などがいたら卒倒しかねない発言である。しかしディディオの方も、特に腹を立てた様子もなく、

「どこへ行くつもりだ?」

と、こちらも遠慮なく訊ねた。

「別に、仕事でね」

「その仕事というのは双季蓮生の追跡だろう。どこ

に目星《めぼし》をつけているんだ」

「報告はウチの部長にするから、後でそいつを聞いたらどうだ？」

にやにやしながらそう言ってやったが、ディディオは表情を変えずに、

「おまえは以前に、双季蓮生と何を話したんだ？」

と、いきなり訊いてきた。

「なんのことかな」

「東瀏光成が死んだときに、ホテルの者たちが恐慌《きょうこう》状態になって、不用意に警察に通報してしまった――そのときに駆けつけたのが、おまえだ。そして双季蓮生の手に手錠を掛けて、最初の取り調べをした――そのとき、おまえはヤツと何を話したんだ？」

「どうしてそんなことを訊きたがる？　あんたは察するに、東瀏の偉いさんの犬なんだろう？　主人の隠したがることを知ろうとするのは、これは忠義に反することなんじゃないのかね」

麦田は絡むようにそう言ったが、これにもディディオは怒る気配さえ見せずに、

「おまえは今、俺を怒らせようとして、犬という言葉を使ったのだろうが――俺の部族の考えでは、犬は水を嗅《か》ぎ当ててくれることから偉大なる幸運の使いとされている。どう転んでも蔑《さげす》む対象にはならない神聖な誇り高き存在だ」

と静かに言い返した。

「ああ、そうかい」

麦田も、相手が単なる粗暴な力任せの男ではないことを理解する。

「じゃあその部族の国に帰んな。ここは日本だぜ。薄汚い東瀏なんかに仕《つか》えていてもいいことはないぞ」

「部族は、もう存在しない。その部族だと名乗っているのも、俺だけだろう――みんな、他の国に吸収されてしまったからな。俺には帰るところなどない」

ディディオはあくまでも穏やかな口調である。そ

こには決して退かない覚悟があった。麦田もそれを察して、真顔になって、

「……東澱が、おまえに嘘をついているとしたらどうするんだ」

と訊いた。

「そうだな、俺よりも強いのだと思う。そして、それが嘘でなかったら、やっぱり正しいのだと思うだろうな」

ディディオは微笑みながら、麦田から一度も眼を逸らさない。

「それで、結局のところどうなんだ。双季蓮生を捕らえたおまえから見て、東澱光成はあの男に殺されたのか？　ヤツは捕まった後、どんな風に弁解したんだ？」

「…………」

麦田は渋い顔になった。

「……どんな風に言えばいいんだろうな。あんたには、どうやら本当のことを言ってもいいような気がするが、しかしな——俺自身が、どういうことなのかよくわからねえんだからな……」

「なんのことだ？　ヤツは黙秘でもしていたのか」

「そうじゃない——そうじゃないんだが、しかし——」

麦田の困惑する顔を見て、ディディオの顔にも訝しげな色が浮かぶ。

「だから、ヤツは犯行を認めたのか、それとも否認したのか？」

この二者択一の問いかけに、しかし麦田は首を横に振った。

「どっちでもなかった——ヤツは観念していた。だがそれは、東澱光成とは関係のないところで、とっくに燃え尽きていたのかも知れん」

「……？　何を言っている？」

「ヤツは、自分が東澱光成とどうして友人になったのか——それを話した。それは……」

＊

「私が彼と友人になったのは、彼が重荷と感じているものに対して、私に羨望《せんぼう》の気持ちがなかったからでした。私は、彼をうらやましいとも、ねたましいとも思わなかった」

向かい合わせの寝台の上に腰掛けて、双季と有香の話は続いていた。

「…………」

有香は、言うべき言葉が見つからず、困惑した表情になっていた。

「そ、そんな……そんなことってあるの？　だって……！」

「いいんですよ。それに、私が彼を救わなかったのは、紛《まぎ》れもない事実です。殺したのと同じだ」

「で、でも……！」

有香は頭に血が上りかけていた。


「でもそんな、そんなことになったら、誰だって……！」

「誰でもそうせざるを得ないことというのはあるでしょう。しかしそれが罪であるということは、みんながそうだからといって薄まるわけでもない……私はそう思っています」

「おかしいわよ、そんなの！　あたしのパパなんかは、ホントに人をだましたから、そりゃあ刑務所行きも当然よ。でもそれだったら、双季さんは、逆に——」

彼女は興奮して、身を乗り出そうとして、そして足下に置いていたバッグを蹴飛《けと》ばしてしまった。

バッグはカーテンを押しのけて、通路の方に出てしまう。

「あっ——」

有香はあわててそれを取るために顔を出した。

するとその目の前に、いかつい外人の男が、ぬっ、と立っていた。

「おまえ、何をしている？」

　ひっ、と思わず有香は身を引いてしまう。だが男がバッグに手を伸ばしてきたのを見て、反射的に、

「触らないで！」

　と、急いでひったくって、抱きしめるようにして胸元に引き寄せた。このバッグの中には、あの奇妙な人形が入っていて、それがこの男に取られるのかと思ったら、身体の方が勝手に反応していた。

　男の顔に明らかな不審が浮かんで、

「なんだ、それをちょっと見せてみろ」

　と、その太い腕を伸ばしてきた。

「いやよ！」

「何か隠しているものでもあるのか？」

　男は有香の手首を摑んで、バッグを取り上げようとした——そのとき、

「その娘から、手を離しなさい」

　という静かな声が車内に響いた。

　はっ、と男が振り向くと、そこには双季蓮生が立っていた。

　その顔は、男が沙貴に写真を見せられたものとよく似ていた——そう、ずっと老け込んではいたが、その顔に間違いなかった。

「おまえは……！」

　標的を発見して、彼は有香の手を離した。そして双季の方に飛びかかろうとした。

　だが、双季がひらりとかわし、男の指先は相手にかすることもなく、彼は寝台の中へと飛び込んでしまった。どかっ、と大きな身体が壁にぶつかる鈍い音が響いた。

「え、ええ……？」

　有香は茫然としてしまっていたが、双季の、

「こっちへ」

　という確信に満ちた声に後押しされて、一緒にその場から逃げ出した。

　最後尾の車両の方へと。

「きさま！」

とこの場に待機していたもう一人の外人が彼らの向かう先から襲いかかってきたが、これも双季はわずかに、すっ、と身を引いただけで、相手は勝手にすっころんで床に叩きつけられるような格好になってしまった。打ち所が悪かったらしく、ぐえ、と呻いて、びくびく痙攣《けいれん》している。

（す、すごい――の？）

後ろにいた有香には、なにがなんだかさっぱりわからなかった。

だが双季が前進していくので、しょうがなくその後をあわてていていくしかない。

そのとき車内に〝まもなく、次の停車駅――〟というアナウンスが響いた。

＊

麦田刑事と話していたディディオの胸元の通信機に、緊急の連絡が入った。

〝大変だ、リーダー！〟

「なんだ、どうした」

〝標的を、この列車内で発見した！　今は後部車両の方向に逃走している！〟

「……なんだと？」

思わずディディオは、目の前の麦田を睨みつけてしまった。グルだったのか、と一瞬考えてしまったのだ。だがそれにしては、麦田はきょとんとした顔をしている。

「……何を騒いでんだ？」

麦田の方は、通信が外国語なので内容までは理解できない。しかしただならぬ事が起こっているような気配を感じ、しかも今、疑われるような目で見られたことから、はっ、と気がついた。

「まさか――双季がこの列車に乗っているのか!?」

麦田は立ち上がった。ディディオも、しまった、という顔になる。

麦田は相手の反応を待たずに、先に通路に飛び出した。

ばたばたと騒がしいので、すぐに彼は行くべき方向を悟った。

そして走り出す。双季を捕まえるのは俺だ、という揺るぎない意志がそこにはあった。

「ま、待て！」

ディディオもあわてて麦田の後を追いかける。

＊

双季は次々と目の前に立ちふさがろうとした者たちを、まるで手品のように倒しながらどんどん最後尾へと進んでいく。そしていよいよ最後の車両というところまで来たところで、また一人襲ってきたので、それもかわしてしまう。

「さあ、有香さん――こっちへ」

双季が導くのは、一番後ろの出入口に通じるドアだった。

「う、うん――」

有香は急《せ》かされるままに、双季の横を通って、その扉をくぐった。

すると扉は、その背中ぎりぎりで、がしゃん、と閉められてしまった。

「ち、ちょっと！」

双季は、まだ扉の向こう側にいる。扉のガラス越しに、双季は、

「もうすぐ次の駅に到着します。そうしたら、そこで降りて、すぐに外に出てください」

と言ってきた。

「そ、そんな――」

「いや、勘違いしないでください。私もすぐに後を追いますから、外で合流するんです」

「で、でも――」

「大丈夫ですよ。心配ありません」

双季はにっこりと微笑んだ。それはとても穏やかで、不安を感じさせない表情だった。

そして、車両の向こう側の扉が開いて、そこに顔を出したのは麦田刑事だった。

「双季!」

麦田は怒鳴った。しかし双季はあくまでも有香に向かって、

「いいですね——先に外に出ているんですよ」

と言った。有香ももう、反対できない。

「う、うん——わかったわ」

そしてそれと同時に、すでに減速にかかっていた列車が、ごととん、と揺れながら駅に入っていって、そして停車した。

有香は後ずさって、開いた出入口のドアの方に向かって走った。

だがその足が、ぎくっ、と止まる。

扉のすぐ前に、ひとりの男が立っていたからだ。

今の今まで、そんなにすぐ後ろに誰かが立っているなど、まったく気がつかなかったのだが——今は、歴然とそこに存在していた。


「やあ」

そいつは有香に向かって、静かな口調で話しかけてきた。

それは、なんとも形容しがたい男だった。この世に存在しているありとあらゆる人間の、その誰にも似ていないように、有香の眼には見えた。

「な、な……」

強《し》いて言うなら、そう——

(——銀色、の……?)

有香が絶句しているのにもかまわず、男はすっ、と前を空けて、彼女が通れるように道を譲《ゆず》った。

そして囁くように、

「君には期待している——ぜひ、彼の目指すところに導いていってやってくれ。それは私の関心事でもあるのだから——」

と、意味不明のことを言った。

有香は、なにがなんだかわからないが、しかし急がなくてはならなかったので、男の横を走り抜け

て、駅のホームに飛び出した。

そして、車内の方では双季と麦田が対峙していた。

「久しぶりですね、刑事さん」

双季は落ち着いた声で言った。

「双季――おとなしく俺に捕まるんだ。そうすれば助かる」

麦田は焦りながらも、そう話しかけた。

「おまえは狙《ねら》われているんだ、だから――」

「そうもいかないようですよ」

双季がそう言うのと、麦田の背後から次々とディオの部下たちがなだれ込んでくるのは同時だった。彼らは銃を抜いていた。

「やめろ！」

麦田は叫んで、前に立ちはだかろうとした。だがその身体は屈強な外人たちによって押しのけられた。

そしてそれと同時に、双季も動いていた。逃げる――しかしその方向が奇妙だった。

唯一の出口である、有香が逃げたドアの方ではなく――通路の横の、空席の寝台の中へと入っていったのだ。

たちまちその前に外人たちは駆けつけて、その寝台に銃を向けて、カーテンを引き開けた――しかし、

「な、なに……!?」

その寝台は、完全にもぬけの殻《から》だった。窓も閉まっている――開けたり閉めたりした音など、まったくしなかった。

「ど、どういうことだ……？」

またしても老人は、完全な閉塞状況から煙のように消え失《う》せていたのだった。

3

「しかし、すでに奈緒瀬嬢の方が、時雄氏サイドに内通者を送り込んでいたとはね」

　車で高速道路を飛ばしながら、千条は助手席の伊佐に向かって思い出したようにそう言った。

（たぶん、現場に近づいてきたので、回路が処理すべき情報を整理しているんだろう）

　言われた伊佐の方は、そう考えながらもきちんと千条に返事をする。

「あまり意外でもないな――勢力としては、まだまだ奈緒瀬お嬢さんは、長男の時雄氏に比べれば弱いんだろう。力のない者がある者に対抗する手段は、まず情報戦だからな」

　そう、彼らは時雄の側近である漆原沙貴の部下に奈緒瀬が潜《もぐ》り込ませているスパイの情報に従って、問題の寝台列車が途中に寄るはずの駅に急行しているのだった。麦田刑事を今頃、あのディディオという男が尋問しているはずだ。そこに割り込もうというのである。

　彼らの乗った車の後ろを、奈緒瀬たちの車もついてきている。最初は彼らの方が先に走っていたのだが、運転テクニックで千条雅人の機械的正確さに及ぶものなど、それこそプロのレーサーぐらいしかいないだろう。あっという間に追い抜かれ、後をついてくるのが精一杯なのだった。

「ところで――双季蓮生のことだけど。君はどう思うんだい」

　千条は、それこそミリ単位でハンドルを操作しつつ、どういう基準で切り替えているのかよくわからないギアチェンジを頻繁《ひんぱん》に行いながら、伊佐の方に向かって話しかけてくる。

「……なんのことだ」

「彼が、何らかの形でペイパーカットと接触したとして、どうしてペイパーカットは彼を選んだのだろうね?」

「………」

伊佐は即答しなかった。そのことについては、彼もまたずっと考え続けている。そして、答えも出ていない。

「ペイパーカットは、そもそもどうして刑務所の中に侵入しようなんて思ったんだろうか」

千条の場合は、考え事をすることと、沈黙することが一致しないので伊佐と異なり疑問に感じることをべらべらと口にする。

「……予告状は確認されていない、と奈緒瀬嬢は言っていたが、しかし半年も前のことで、しかも知らない者にはあんなもの、ただの紙切れでしかない
——なかったとは言えないだろうな」

「しかし、死亡者は確認されていないから、ペイパーカットは殺しが目的ではなく、刑務所に入ったということになるのかな?」

「………」

伊佐は答えない。彼にとって、ペイパーカットというのは、あくまでも単なる人殺しなのだ。

「でも、あらためて疑問が湧いてくるよね。ペイパーカットがいつもと同じように、狙いを誰かに定めて、刑務所にキャビネッセンスを盗みに侵入したとして、それはいったい何を盗むつもりだったんだろう」

「……ヤツが盗むものなど、いつだってなんだかわからんだろう」

「しかしだね、刑務所の中にいる人間に、生命と同じくらいに大切にしているものなんかあるのかな?」

千条は無表情に、淡々と言葉を重ねる。

「所有物は厳重に管理され、常に点検され、家族の写真さえ満足に持ち込めないようなところで、人はいったい何を所有できるというんだい」

「………」

「四人にキャビネッセンスなんてものがあるのか

な。あるとしたら、それはどんなものなんだろう。きわめて限定された条件下で、そういう意味では研究もしやすいのかも知れないけど——君の見解だね、これは」

「ペイパーカットは、なにか〝研究〟しているようだ——確かにそう言ったな、俺が」

伊佐はため息をついた。その相手は、奈緒瀬の祖父にして東澱の支配者である久既雄翁《おう》である。どう思うか、と問いただされて、伊佐はそう答えたのだ。

ヤツは殺す相手を無作為に選んでいるのではない、そこには共通する目的のようなものがある、と——伊佐はそう感じているのだった。

「その研究のためなら、何人殺してもまったく罪の意識などないのが、ヤツだ——その見解は変わらない」

「君はヤツが憎いのかい」

「かも知れないいな」

「だとしたら、その意見にも多少は感情的なバイアスが掛かっているのかな」

「だろうと思うよ。しかし、それでも間違っているとは思わないし、それに反するデータもない。違うか？」

「違わないね、確かに」

千条は機械的にうなずいた。それから、

「では君は、双季蓮生も憎いと感じるかな？」

と訊いてきた。

「……なんの話だ？」

伊佐はきょとんとした。

「だから双季蓮生が、ペイパーカットの、なんらかの協力者だとしたら、君はその彼にも憎しみを覚えるのか、ということだよ」

「……今の時点では、なんとも思っていないが——いや」

伊佐は少し首を左右に振った。

「憎悪はないが、恐怖は——多少は、あるな」

完全に逃げられないはずの状況で、まんまと逃げられてしまった——その理由はわからないままだ。

「彼は、俺たちの前から消えた、あのやり方で脱獄もしたのだろうか——あれなら、どんな監獄からでも逃げられるだろうからな」

伊佐はあらためて、この前の状況を思い返して身震いした。

「そうだね、その件で、君に確認しておきたいことがある」

千条の方は、まったく声の調子が変わらないままだ。しかしその前置きに、伊佐はなにか嫌な感触を覚えた。

「……なんだ？」

「僕はこの前、双季蓮生を逃がした。その理由も分析不可能のままだ。ということは、僕は次に双季と遭遇した際に、この前とは異なる対応をする必要があるということだ。君はそれを認めるかい」

言葉だけだとまるで〝次はがんばるよ〟と言っているようだったが、しかし伊佐にはその言葉の真の意味がすぐにわかった。

「……完全な戦闘態勢で、双季に接するつもりか？」

「以前の僕では通用しなかった以上、今の僕に掛けられている安全装置のいくつか、あるいはそのすべてを解除して事態にあたる必要がある。それは君にも理解できるよね」

「〝スイッチ〟を入れるつもりか——」

伊佐は、むう、と呻いた。それを考えていなかったのは迂闊《うかつ》だった、と後悔が浮かんだ。

（サーカムは……もしも本当に双季蓮生がペイパーカットになにかをされているなら、その身に受けた影響を調べられるなら、死体でもかまわない——そのぐらいのことは言うだろう）

そしてロボット探偵千条雅人は、サーカムの忠実なる機械なのだ。その意思決定には完璧に従属して行動するし、それ以外のことはできない。

（——しかし、それでも）

伊佐は、運転席の千条の横顔を見つめながら、

「——殺すな、千条」

と押し殺した声で言った。

千条はこれに、まったく乱れのない声で、

「そういうことを、今の僕に言っても意味がないよ。論理回路《ロジカルサーキット》が作動しているときの僕とはモードが違うんだから」

と他人事《ひとごと》のように言った。いや、実際に他人事なのだった。

それがわかっていて、なお伊佐は、

「それでも——殺すべきじゃない。千条雅人は人殺しをするべきじゃない。俺は、それしか言えない」

と視線を逸らさない。

「それは忠告なのかい。それとも倫理的な規制の強要かな」

千条がいつものように、ややズレたことを言って、いつもなら伊佐がそれに説明するところで、しかし伊佐は、

「おまえの内部で何が起こっているのか、その奥底ではどういう思考が巡らされているのか、そんなことは俺には理解できない——だが、俺はおまえを友人だと感じている。友だちには人殺しをしてほしくない、それだけだ」

と、自分の気持ちだけを述べた。

「…………」

千条は少し首を傾げて、

「——どういうことなのか、今ひとつ理解できないんだけど、この混乱を削除すべきかな」

と訊いてきた。だがこれに伊佐は応えなかった。

二人の乗った車は、高速道路から抜けて、駅に続く一般道に入った。カーナビと連動している千条の運転は、あらゆる赤信号を避けるルートとタイミングで正確無比にハンドルを切っていく。他の車はまるで停まっているかのように追い抜かれていく。完全なスピード違反だが、動きが的確すぎて全然乱暴な感じがしなかった。

「このままなら問題の寝台列車が駅に到着する一分前に到着する。ぎりぎりで間に合うね。すぐに乗り込むんだろう?」

「ああ。麦田刑事の席に直行する。あの刑事だと、簡単には口を割らないだろうから、揉めているかも知れない――こっちはとにかく、刑事の味方をしよう」

「彼の方が協力を求めなかったら?」

「それでもとにかく、時雄サイドの奴らとは切り離そう。向こうに持って行かれるのは良くない」

「なるほど――着いたよ」

　千条がそう言いながらハンドルを切ると、車は薄暗い裏通りから飛び出して、駅の真ん前の通りに出た。言い終わるのと車が停まるのが、わずか三秒しかずれていなかった。

　唐突な到着であるが、伊佐はそういう状況に慣れている。すぐにドアを開けて、車から出た。千条もキーを抜いただけで路肩に寄せもせず、道路の真ん中に車を乗り捨てていく。

　二人は駅構内に続く階段を掛け昇っていった。

　改札を走り抜けて、ホームに降りたところで、ちょうど列車が入ってきた。予定よりも一分ほど早い。

　そしてドアが、ぷしゅーっ、という音を立てて、開いた。

　さて乗り込もう、と二人が動いたところで、列車の最後尾にあたる出入口から、少女がひとり飛び出してきた。

「――――」

　ぴくっ、と千条の視線がすばやくそっちの方を向き、そして続いて、その少女を追って外人の男たちが出てきたところで、彼の口から機械的な音が漏れだした。

「少女――追跡者――条件が満たされる特定の状況を確認し、ここに良心制御《リミッター》の解除を許諾する――強攻モード、起動――」

その異様な早口の呟きが終わるか終わらないかの内に、千条の身体はまるでバネ仕掛けのように飛び出していった。

「な――」

伊佐はびっくりして、千条の方を向いた。彼にはさっきの少女の姿さえ見えていなかったので、何がなんだかまったくわからない。

千条が、自分が見た少女が、状況判断で自分たちが金を口座に振り込んだ相手の〝西秋有香〟である可能性が数パーセントある、という理由だけでいきなり反応したということなど、もちろん想像もつかないことだった。

だが走り出した千条の先に、大勢の外人の男たちが出てきたのを見て、はっ、と思った。

(なんであの男が、外に出てくる……?)

向こうも千条と伊佐に気づいたようだ。ぎくっ、と反応し、そしてあわてて西秋有香の後を追いかけていこうとする――その彼らに千条が襲いかかった。

男たちの全員を追い抜いて、その先頭を走っていた男にスライディングしながら足払いを掛けたのだった。他の者たちを巻き込むように計算された攻撃で、男たちはもんどり打って倒れた。

そして千条は、伊佐に顔だけを向けて、

「あの少女を、先に確保しろ」

と命じた。一方的で、なんの譲歩もない命令だった。

「…………!」

伊佐は、すでに千条の〝スイッチ〟が入っていることを認識して、うなずいてその横を走り抜けていった。

千条は、ばっ、と立ち上がり、そして男たちの前に立ちはだかった。伊佐ではこれほどの大勢の相手を同時にはできないが、自分ならできる――そう判断しての、足止め役であった。

「おまえらには、ここで引き返してもらう」

冷たい声で、そう宣告した。

「……き、貴様！」

男たちは、全員がプロである。その戦闘技能の高さに誇りも持っている。その自分たちを相手にして、たった一人で、まるで子供に対応しているような千条の態度に、つい怒りを喚起させられた。

彼らは訓練を積んだフォーメーションを展開して、一斉に千条に襲いかかった。

腕に、脚に、胴に——千条一人に、一度に三人が別々の箇所を狙って飛びかかった。

がしっ、と千条の身体はあっという間に摑まれて、身動きがとれなくなった。その顔面に、他の者が容赦なくパンチを打ち込んでこようとした——だがその寸前に、千条の首がまるで胴からそのまま伸びたかのような動きで、ぐいっ、と突き出されていた。

打ち込まれてきた敵の拳を、その額《ひたい》で真っ向から受けとめて、そして——逆に粉砕していた。

「ぎゃあっ⁉」

悲鳴を上げた男の手が、ぐにゃぐにゃのゴム手袋のような形になっていた。指の骨は、頭蓋骨《ずがいこつ》に比べれば遥かに脆《もろ》い。まともに正面からぶつかれば砕けるのは拳の方——それは物理的には当然の現象だったが、しかしそこには、殴られそうになっているのにそれに頭を突き出すという行為と、そして殴られた痛みなど意に介さないという、二つのあり得ないファクターが存在していた。

そしてそのまま、千条の身体は三人の男たちに摑まれたまま、ぐるん、と大きく回転した。関節をねじ上げられて、すさまじい激痛に襲われているはずの身体は、しかしそんなものを完全に無視して、三人をまるでゴミ袋を振り回しているかのような軽快さで、そのまま——壁に向かって体当たりした。

ぐしゃり、という嫌な音が何重にも響いて聞こえた。

「——げぐお、ええっ……！」

それは悲鳴ではなく、肺と胃袋に入っていた空気が無理矢理に絞り出された音であった。

全身の骨を砕かれてしまった三人は、その壁際にずるずると崩れ落ちた。

ひっ、と残った者たちは身を引いて、そして拳銃を抜いた。標的でもない相手を不用意に撃つのは禁じられているが、そんなことにはもうかまっていられない状況だった。

「…………」

千条は拳銃を見ても、何も言わなかった。相手に警告を発しもしない——そのことの意味が、男たちにはまだわかっていなかった。

拳銃など、相手はなんの脅威とも思っていないのだ、ということを。そして拳銃をかまえる、ということは——

「——」

ばっ、と千条の身体は床を蹴って跳んだ。拳銃が彼めがけて次々と発射された。

その弾丸は——しかし、千条の身体をかすりもしなかった。彼はすでに、相手のかまえを分析して、その引き金を引くタイミングや方向を、腕の筋肉などの動きから読み切っていたのだった。これは、彼の思考回路にモーションデータがインプットされている不世出の武道家、榊原弦《さかきばらげん》の得意技であった。

そして銃をかまえて撃つ瞬間——人の身体は、その動きを停めてしまうのである。でくのぼうのように、立ちつくして——さあ、破壊してください、と言わんばかりの状態で。

「——」

千条の表情は、最初から最後までまったく変化しなかった。その場にいた六人の男たちが、膝《ひざ》を割られ、肩を砕かれていく間、その苦痛に対してまったくの無反応だった。

十秒とかからなかった。

千条が動きを停める方が、立ったまま身体の要所を的確に痛めつけられた男たちが、悶絶《もんぜつ》して倒れ込むのよりも早かったぐらいに、その動作には一分の無駄もなかった。

「…………」

そして千条は、くるっ、と後ろを振り向いた。

そこには、まだ一人だけ男が立っている。

ディディオである。

「……驚いたな、サーカムの〝ロボット＝ヒューマニティ・システム〟とは――これほどのものだったのか」

彼は心底、感嘆したという調子で呟いた。

彼の立っている位置は、考えられたものだった――わずかに下の、駅ホームに続く階段に足を掛け、いつでも高低差のある場所に逃れる体勢で、千条からもある程度の距離を取っている。間合いを慎重に取って、自分が反応もできない内に相手に攻撃される危険域の、その境界線よりもぎりぎり外にいた。

「――」

千条は、相手がどんな方向に逃げようとも、一瞬で追いつけるという計算を立てて、なんのためらいもなくディディオに向かって走っていった。

ディディオは、右手になにか持っている。小型の拳銃かも知れない。だがそれでも千条は充分に対応できる、と相手の動きを完全に観察しながら、正面から突っ込んでいく。

しかしディディオは、その千条のすべての計算の中には存在しない行動をとった。

拳銃なら狙いをつける。

刃物なら振り回す。

手榴弾なら投げつける。

スプレーならノズルを向ける。

ディディオはその、どの行動もしなかった。

彼がしたことは、親指の指先に、ほんの少しの力を込める――それだけだった。

――かちっ、
と、ごくわずかな音をたてて、ディディオの手のひらに隠されていた装置のスイッチがオンになった。

その瞬間に何が起こったのか——人の眼では何も見えず、聞こえず、感じることもなかった。

しかしその見えない現象が、千条雅人の身体に劇的で、急激な反応を引き起こした。走り込んでこようとして、足を踏み出しかけたその姿勢で、まるで時間が止まってしまったかのように、がくん——と静止してしまった。

当然、転倒した。だが転がってもなんの受け身も取らない。関節が曲がりもしない。それはまるでマネキン人形を転がしたときのような、そういう放り出され方だった。

「——」

ディディオは、自分の足下に滑ってきた千条の動かない身体を見下ろして、ふう、とため息をついた。

彼の手の中にある装置——それは一瞬だけ、周囲にすさまじい電波異常を引き起こす強磁気発生器であった。各種の電子部品を狂わせるために開発された、れっきとしたスパイ仕様の軍用品である。パソコンや携帯電話程度なら余裕で内部のデータごと壊せてしまう。ただし有効範囲が狭いため、身近まで引きつけて作動させないと効果がない。本来は緊急用のデータ自爆にもっぱら使われるものなのだ。

（このロボット回路は、強烈な電磁波を受けると停止するということだったが——情報が不確かだったからな、使ってみなければわからなかった——しかし、目の前で停まられても、まだ信じがたいな……こんな、人形みたいに——）

ディディオは、爪先《つまさき》で動かない千条を小突いた。ごろっ、とその硬直した身体が動いて顔が上を向いた。

その眼も開きっぱなしで、瞳の焦点も合っておらず——とディディオが覗き込もうとした瞬間、ふいにその眼球が、

――ぎろり、

と動いて、ディディオの眼を真っ向から見つめてきた。

「な――」

思わずディディオは身を引こうとした。だが遅かった。

今の今までまったく動く気配さえなかった千条の身体が、それまでよりもさらに速い動作で、ばっ、と立ち上がってディディオの首を片手で摑んできた。

「――おい、おまえ……馬鹿か？　ロボットを寝かせたぐらいで、どうにかなるとでも思ったのか？　ええ、おい――」

そしてそのまま、片手でゆうゆうとディディオの身体を吊り上げてしまう――摑まれているディディオは、

（な、なんだ……ち、力が入らない……まるで吸い取られているみたいに……）

と、ぐったりと脱力してしまっていた。そして何よりも、目の前にいるその男の変貌《へんぼう》ぶりに、動揺しきってしまっていた。

千条雅人は、さっきまでの千条とはまったく違ってしまっていた。

何よりも、その表情が変わっていた――笑っていた。

にたにたと、相手が苦しんでいるのが楽しくてたまらないという、邪悪な笑みが顔中にべったりと貼りついているかのように、満面に浮いているのだった。そこにはあからさまな感情が――悪意が満ち満ちていた。

その表情から、どうしても連想してしまう単語があった。その存在については、世界の至るところで語られ、伝説にもなっている――その存在に似ていた。

まるで――吸血鬼のような……。

（な、なんだ――こ、こいつは――いったい……誰だ？）

千条雅人、というのは――ロボット探偵に改造される前の〝人間〟は……何者だったのだ……？

（さ、サーカムは――これを知っているのか……？それとも……も……）

意識が遠ざかり、ディディオは気絶した。それでも千条の手は、ぎりぎりと首に食い込み続ける。そのまま力を入れ続ければ、首の骨を折ってしまうだろう。

「…………」

そのとき、千条の眼が細く、鋭くひそめられた。

「……てめえは――」

その眼は、今にも息の根を止めようとしているディディオではなく、階段をゆっくりと昇ってきたものに向けられていた。銀色の光が一瞬だけかすめたが、すぐにそれは、一つの人影だと判明した。

それは、彼の眼には女性の姿に映っていた。その彼女は、優しげな微笑みを浮かべながら、

「あなたには、私がこの姿で見えるのよね？」

と話しかけてきた。

その彼女の顔は、千条雅人になんだか、妙に似ていた。

「――ふざけるなよ、そんな風に化けて、俺が動揺するとでも思っているのか？」

「あなたは、この人に負い目があるのね？　だから私が、この姿で見える――この姿の人こそ、あなたの急所だから。あなたのキャビネッセンスに関わることを、この人が握っているから――」

「……その声で、喋るんじゃねえ……！」

千条の顔に、激しい苛立ちが露《あら》わになった。

「その声が、俺は昔っから鼻についてしょうがなかったんだ……誰にでも、そんな風に甘い声を出しやがって――あげくには、あんな馬鹿みたいな――」

千条は、その彼女を睨み続けようとして、しかし

その眼からだんだん迫力が薄れていく。その相手を、憎しみを持って見つめることが難しいようだった。

「あなたは、どうしてそこに閉じこもっているの？」

彼女はあくまでも、穏やかな声で千条に語りかけてくる。

「なんだと？」

「この人ができなかったと、あなたが思いこんでいることを、サーカムという組織を利用して成し遂げよう……とでも思っているのかしら？　だとしたら、それはとんだ見当外れかも知れないわよ」

「——どういうことだ？　てめえ、何を知っている……？」

「あなたは、この姿の女性はもういなくなってしまったと思いこんでいるようだけど、それはほんとうにそうなのかしら——この人のキャビネッセンスは、そんなに脆《もろ》いものだったのかしらね……あなたに理解できなかっただけで、彼女は思っていたより
ずっとずっと強い人だったかも知れないわよ——そう、なにしろ彼女は、あなたの実の——」

そして彼女は、くるっ、ときびすを返して、その場から歩み去って行こうとした。その背に向かって千条が、

「待て！　待って——姉さ——」

と呼びかけようとして、そのときに彼の後ろから、

「何をしてるんだ！」

という男の力強い声が響いてきた。

振り向くと、そこにいるのは頭から血を流している麦田刑事だった。ディディオたちに殴られたのが、やっと立ち直ってここまで来たのだろう。

「——！」

はっ、と千条は視線を急いで戻したが、しかしそのときには、彼女の姿はどこにもなかった。

「……ちっ」

舌打ちして、そしてあらためて麦田の方を向く。

「そいつを離してやれ！」

麦田は拳銃を抜いて、千条に向けていた。そうしなければという殺気が、千条から滲《にじ》み出ているからだった。

千条は、その麦田のことを無視して、さっきからずっと吊るし上げたままのディディオに眼を戻した。あと少し力を入れれば、この男は絶命するだろう。こいつは余計なことを勘づいたかも知れない
――だが、

「……ふん」

千条の鼻から、失笑とも吐息ともつかぬ音が漏れた。そして彼は口の中で、

「……〝友だちには人殺しをしてほしくない〟か――」

と呟いて、そして次の瞬間には、まるで糸の切れた操り人形のように力を失って、その場に崩れ落ちた。ぴくりとも動かなくなった。

ディディオの身体も、同時に投げ出された。床面にぶつかった彼の口から、うぐっ、という生きた呼吸がこぼれ出て、ぐぐぐ、という呻きが続く。

そしてその周囲には、彼の部下たちが重傷を負わされて大勢倒れて、転がっている――。

「――な……？」

麦田刑事には、なにがなんだかわけがわからず、ただその場に茫然と立ちすくんでしまっていた。

4

……そして一方、伊佐の方は逃げる西秋有香のことを追いかけていた。

駅から彼女が出て行くところで、やっと伊佐はその少女の背中をその眼に捉《とら》えられた。それまではとにかく、スイッチの入った千条に〝追え〟と言われた方向へ走っていただけだったのだ。

少女は律儀《りちぎ》にも、自動改札に切符を通してから外に出た。伊佐は当然、そんなものは跳び越してしま

う。

「——待て！」

伊佐が怒鳴ると、少女は、びくっ、と足を止めて振り向いた。

「う、うわわ」

ひどくおどおどしている、有香の顔をこのとき伊佐は初めて見た。

「待ってくれ、別に危害を加えるつもりはないんだ」

伊佐がそう話しかけると、有香は困った顔になり、

「あ、あのその」

と、びくびくしつつも、彼女は何かを弁解しようとした。しかし何も思いつかなかったので、結局また逃げ出した。

「おい！　だから——」

伊佐はまだ、その少女にどういう態度で接すればいいかわからず、やむなく追いかけていった。足の速さが違うので、あっという間に彼女に追いつき、その肩に手を掛ける。

「ひえっ」

有香は変な悲鳴を上げた。伊佐は半ばとまどいつつも、

「なんにもしないよ、ただ話を——」

と暴れる彼女を鎮《しず》めようとした。するとその彼の肩を、がしっ、と背後から摑んでくる者がいる。

振り向くと、そこに立っていたのは双季蓮生だった。

「あっ、双季さん！」

有香が喜びの声を上げると、双季はうなずいて、

「あなたは、先に行ってください——この人は、私が相手をしますから」

と、伊佐のことを押さえながら言った。

「う、うん！」

彼女は、混乱している伊佐の手を振りきって、逃げていった。

「な――あんた?」

伊佐は、少女を追うべきか、双季を取り押さえるべきか、一瞬迷った。それぐらい双季の腕にはなんの力もこもっていなかった。

「はい、またお会いしましたね――しかしここは、私たちが会うべき場所ではない」

双季はにこにこと微笑んでいる。

その優しそうな顔を見ていると、とてもこの老人が何らかの害を為すとは信じられない――しかし、この男はれっきとした脱獄囚でもあるのだ。

「あんたは、何を知っているんだ……?」

この余裕――この男は、他の誰も知らないような秘密を握っているから、こんなに穏やかな表情をしているのだろうか。

「それは逆です」

双季は伊佐を見つめながら、静かな口調で言った。

「え?」

「私は、何も知ろうとしないから――あなた方のような力がないから、余裕があるように見えるのです。実のところ、私には何もないのです――」

双季の声は、まるで詩を朗読しているかのように淀みがなかった。

(うう――)

伊佐はなんだか、そのまま流されてしまいそうな危機感を覚えて、とっさに、

「――許せ!」

と自分の肩に乗っている双季の手首を取り、腕を摑みあげて、一本背負いに投げようとした。とにかく取り押さえないと――と思ったのだった。

だが――その手がすっぽ抜けた。

(え――)

双季を投げようとした伊佐の身体は、なまじ黒帯クラスであることが災《わざわ》いし、その無駄のない的確な体重移動の行き場を失って、伊佐は自らの身体を歩道のアスファルトに叩きつけてしまう羽目になっ

た。

「――がっ……！」

そんな馬鹿な、確かに相手の手を完全に摑んでいたはずなのに――伊佐には何がなんだかわからない。

「ああ、手加減しようとしていましたね。だったら大丈夫ですよ」

双季の声が上から聞こえてきた。伊佐は、身体が痺《しび》れてしまって、うまくそっちの方を向くこともできない。

そのとき――その周辺に、

「――動くな！」

という甲高《かんだか》い女の声が響いた。

東澱奈緒瀬が、銃をかまえて立っていた。

その銃口は、双季蓮生にぴたりと狙いがつけられている。

「お、お嬢様――」

その後ろでは、部下がとまどっている。彼女に銃を撃たせるのはあきらかにまずい。しかし奈緒瀬の表情はひどく殺気立っていて、とても止められる感じではなかった。

「…………」

双季が、ゆっくりと顔を彼女の方に向ける。

「あなたは――」

「動くんじゃない！　双季蓮生！」

奈緒瀬はヒステリックな声を上げた。その顔はやや引きつっていた。

「その人から離れろ！　早く！」

伊佐の方をちらっ、と見たが、すぐに双季に眼を戻す。まるで燃えるような眼をしていた。

だが双季の方は、それに対してあくまでも穏やかな、静水《せいすい》のような眼差しで彼女を見つめ返した。

「あなたは、彼の娘ですね――ああ、少しだけ、口元に面影《おもかげ》がある」

「…………！」

言われて、奈緒瀬の眉間に、ぎりっ、と皺《しわ》が寄った。

「き、貴様……よくもぬけぬけと……！」

彼女は一歩、足を前に踏み出した。近づけば近づくほど、狙いは正確になる。

しかしそれでも、双季にまったく乱れはない。

「あなたは、彼がついに手に入れられなかったものを、心の中にしっかりと持っているようですね——とても羨《うらや》ましい」

不思議なことを口にする。

「え——？」

奈緒瀬の顔にとまどいが浮かび、そして彼女は息を少し吐いて、そして——ここでは訊くまいと思っていたことを、つい言葉に出してしまった。

「お、おまえは——おまえは、お父様を殺したの……？」

そう訊いた瞬間、奈緒瀬はどっ、と汗が全身から噴《ふ》き出すのを自覚した。緊張の糸が、急にぴん、と張り詰めてしまった。事実を確かめて、自分はどうする気なのか——それを決めなくてはならない、今すぐに——その重みが突然にのしかかってきてしまったのだ。

「…………」

しかし双季は、この奈緒瀬の問いには答えずに、それどころか彼女から視線を外して、あらためて倒れている伊佐の方を向いて、

「——また連絡しますよ。そのときに、あなたが知りたがっていることを教えられるかも知れません。では、また」

と言った。そしてそのまま無造作な足取りで、去っていく。

奈緒瀬は、はっ、と我に返って、

「ま、待て——」

と銃をかまえ直そうとしたが、そこで伊佐が、

「や、やめろ……今は……っ！」

と、痛みをこらえながら叫んだので、びくっ、とその手が停まる。

その間に、双季はまるで何事もないように歩んでいき、そして夜の通りの闇の中に溶け込むように、消えた。

CUT/5.
Yasuhiro Mugita
&
Hasuo Souki

迷ったあげく、自分から暗い方へ行った癖に

——みなもと雫〈ネバー・リメンバー〉

1

……やや薄暗い空間の中に、いくつもの機械音が聞こえている。数台のコンピュータに、多くの電子機器がつながれていて、さらにその機器から無数のコードが伸びている。

そのコードの行き先は、空間の中央に置かれた作業台の上に載っているものだった。それにコードを生やした装置がいくつもいくつも、べたべたと貼りつけられている。

その前には一人の男が覗き込むようにして、作業台の上のものをじろじろと観察している。

「……ふうむ。やはりなんの異常も検出されないな」

その、亜麻色《あまいろ》の髪をぼさぼさに生やし、同色の無《ぶ》精髭《しょうひげ》を伸ばしっぱなしにしている、やたらに顔色が悪い男はぼそりと言った。

彼の名は釘斗博士。

伊佐はよくわからないのだが、生物学や理工学、電子工学に物理学、いくつもの分野で世界的な権威ともいえる頭脳を誇っている科学者である。しかし大学などの公的な研究機関に身を置いていないため、なんの賞も取っておらず、知名度も極端に低い。ただしいくつもの筆名で書き散らしている論文は、斯界《しかい》では読んだことのない者などいないくらいに、大きな影響力を持っているともいう。しかし見た目はどうしても、

（マッドサイエンティストを絵に描いたようなんだよな、これが――）

博士の後ろで待機している伊佐は、心の中でため息をついた。すると博士は伊佐の方を振り向いて、

「俊一、君は直にスイッチが入って、活動しているところを見たのか？」

と訊いてきた。

「いや、入るところは見たが――そのときの指示で

少女を追ったから、実際の戦闘の状況はわからない」

伊佐は首を横に振った。

「戦闘をしたのは確かなのか」

「そりゃそうだろう、何人も病院送りにしているんだから」

「むむう、それにしては身体の方に、それほど負荷が掛けられた痕跡がない。どういう戦闘をしたんだ、これは？」

と言って、博士は作業台に横たえられているものに眼を戻す。

そこに寝かせられているのは、ぴくりとも動かない千条雅人である。瞼《まぶた》も開きっぱなしで、睡眠状態にあるのではないことは一目でわかる。呼吸はしているが、機械的に正確なリズムを刻みすぎである。

三人が今いるのは、トラックカーで引っ張ることのできる移動式の研究室カーゴである。千条が動かなくなった、という報告を受けた釘斗博士が、それに乗って研究所から駆けつけてきたのである。

「強電磁攻撃を受けて、チップの演算回路が自動的にブロックされたのは明らかだが——その後で動いたのだとしたら、攻撃を受ける寸前にその後の動きを身体側に伝えていたことになる……しかしその読み込みの痕跡もない。どうなっているんだ？　どう思う、俊一」

「……博士にわからないことが、俺にわかるわけないだろう」

「まあそう言うな。専門的な見解など求めていないよ」

博士は苦笑しながら、千条と伊佐を交互に見やった。

「こいつは、君と一緒に行動することで、様々なことを学習し、データを蓄積し続けている。君の考え方や日常の行動などが、少なからず影響しているんだ。言ってみれば君はこいつの親なんだぞ」

「勝手に親にするな。第一こいつにだって——」

本当の親がいるはずだ、と言いかけて、伊佐は、はっ、とした。

(そうだ——この脳手術を受ける前には、こいつにだって家族がいた……あの姉も)

伊佐は、かつて千条雅人の姉に会ったことがある。それは彼が現在のような立場になる原因ともいえる出来事だったが——その女性は現在、生死不明だ。

(彼女も、この雅人の実の姉だったろう——こいつにも、昔の知り合いはいるんだろうか——)

あらためて、そのことが気になった。そもそも、こいつとあの姉と——いったい二人は、以前には何をしていたのだろうか。

(俺が会ったときには、二人して政府要人の隠れ家にこもっていたわけだが……)

あそこで二人は何をしていたのか、あるいは、何をしたためにあんなところに隠れていたのか——何から逃げていたのか?

(考えても答えの出ないことではあるが……もし千条の、今の異常がその過去に関係しているのだとしたら……)

伊佐が少し考え込んだのを見て、釘斗博士が、

「なにか思いついたかね?」

と興味津々《しんしん》で訊いてきたので、伊佐は、

「いや、別に——損傷がないというなら、こいつ自身は全然反撃されなかったんだな、と思っただけだ」

と適当にごまかした。すると釘斗博士は、

「ああ、それは言える。そもそも攻撃の際に、身体に無理な負担を掛けていないのかも知れないな。相手の力を利用して、流した——モーションデータの原型になった男は古武道の達人だったという話だから、そういうことかも知れないな」

と真剣に感心した。

「それより、異常がないのならさっさと起こしてく

れないか。こっちもかなり面倒なことになっているんで、千条がいないと困るんだよ」

伊佐が顔をしかめながら言うと、釘斗博士は、まるで遅いからそろそろ寝なさいと言われた子供のような、つまらなさそうな顔になり、そして実際に、

「なんだ、つまらんな——もう少しいじってみたいんだがな」

と愚痴っぽく言った。正直というか、裏表がないというか、感じていることが外から丸見えである。そういうところは千条に似ている。彼は、

「なあ、せめてその東澱時雄の傭兵《ようへい》が使ったという、電子兵器の型式番号だけでもわからないか？　そいつを分析した上で、さらに解析すれば——」

とさらに食い下がってきたが、伊佐はにべもなく、

「そういうことは、俺より上の人間に言ってくれ。こっちは東澱の機密事項になんか近寄れる立場じゃないんだ」

と断った。

「ああ——まあなあ、しかし連中は、君と違って、話してて面白くないんだよな。どうもつまらん連中ばかりでなあ——」

「あのなあ、あんたは——」

面白いかどうかだけで仕事をしているのか、と訊きかけて、しかし伊佐は口をつぐんだ。なんだか真顔で「そうだが？」と言われるような気がしたからだ。

「やれやれ、仕方ないな——本来なら、君の方の検査もしたいんだぞ」

釘斗博士は、ぱちんぱちん、とあちこちの装置のスイッチをほとんど無造作といえる動作で次々と入れていく。そのすべてが千条につながっているものばかりである。

「俺は別に、どこもおかしくないさ」

「正直なところ、私としてはその双季蓮生とかいう男が、奇妙で、謎だ、とか言っているよりも、君の

眼と神経の徹底的な検査の方を優先させたいね」

釘斗博士は作業をしながら、特に伊佐の方を見ずに、軽い口調で言った。

「……どうして？」

「そうだろう、その脱獄囚がペイパーカットと直接に接触したという証拠はないんだ。しかし君の方は、これは確実にペイパーカットの何らかの作用に〝被爆〟しているんだからな。研究材料としては、君の方がよっぽど信頼性が高い。それに私の印象では——」

と博士が言いかけたところで、ばちばちっ、と千条の身体から電気ショックが投与される音が響き、そしてその開きっぱなしの眼がぎょろろっ、と動いて、そして瞼がぱちぱちと開閉した。

そして眼が動いて、何かを探す——伊佐のところで停まる。そして緊張感のない声で、

「ああ、再起動だね？」

と言った。

「やはり、まず伊佐を探したな。親が恋しいんだよ」

釘斗博士が笑いながら言ったので、伊佐は苦虫を嚙み潰したような顔になり、

「くだらん——」

と吐き捨てるように呟く。

「親？　なんのことだい」

千条が身を起こしながら訊いてきたが、伊佐は無視した。

「それより千条、おまえどこまでデータが残っているんだ？　最後の記憶はなんだ」

「そうだね。——どうも〝スイッチ〟が入った直後からのメモリーがないようだね。僕は駅のホームで何かを目撃したが、その何かは不明だ。そこで終わりだ」

「無責任な……」

「予想された事態だ。論理回路《ロジカルサーキット》が起動しているところで、いったん思考演算がリセットされているか

らな。その途中で機能停止になったんだから、当然の結果だ」

釘斗博士はほとんど自慢するように言う。伊佐は彼を無視して、

「おまえは少女を見て、急に走り出したんだよ。あれは誰だったんだ?」

と訊いたが、千条は、

「そんなことを言われても、今の僕にはデータ不足としか言いようがないね」

まったく悪びれずにそう言う。

「後から俺なりに考えたんだが……あの少女は双季と一緒に行動しているようだった。どうも俺たちが口座に金を振り込んだ西秋有香って人物は、カードを盗られたんじゃなくて、最初から協力者だったんじゃないか——それがあの少女だった……そういうことなのか」

「僕に訊いたってしょうがないよ。君がそう判断するなら、そうなんだろう」

「おまえなあ——」

伊佐は文句を言おうとして、しかし頭を振った。

「……あのディディオって男の方に訊くしかないか。しかし答えてくれそうにないな」

「どうしてだい」

「おまえが半殺しにしちまったからだ。連中、そうとう恨《うら》んでるだろうな——」

「へえ、そうなのか。それなら、僕を好きなだけ殴り返させてあげれば、気がすむかも知れないよ」

無茶苦茶なことを真顔で言う。

「気味悪がられるだけだ。第一、向こうもおまえの性質については知ってる」

「完全には知らなかったようだがな。はは、やはりこっちの方が数段、性能がいい」

釘斗博士がまた自慢した。伊佐はやっぱり彼のことを無視して、

「とにかく——仕事に戻るぞ。西秋有香って手掛かりもつかめたようだしな。そっちからまず当たって

いこう」

と、寄りかかっていた壁から背中を離した。千条もその後をついていく。

「報告はマメに入れろよ」

釘斗博士が二人に声を掛けてきた。そこで伊佐は、ふと思い出して、

「そういえば博士――さっきあんた、変なことを言っていたな。双季の印象はどうとか――あれは何を言おうとしたんだ？」

「あ？　ああ――双季蓮生という男に、私が興味がない理由か？　そいつは簡単なことだ」

博士は肩をすくめて、軽い口調で、

「そいつの動機が、あまりにも簡単すぎるからだ。もう少し複雑な理由で行動しているのなら、ペイパーカットと絡めて考察もできるだろうが――単純すぎて深く考えようという気がしない」

「単純？　なんのことだ？」

伊佐は虚を突かれて、少し茫然とした。すると博士はやや呆れたような顔になり、

「おいおい、しっかりしてくれ。双季は長年、ずっとおとなしく刑務所にいたのに、急に脱獄して行動しているんだろう？　だったら動機などひとつしかない」

「それは――なんだ？」

「贖罪《しょくざい》だよ。刑務所の中の、長くて退屈で平穏なだけの懲役刑では不足だと悟ったのさ。ヤツは罪を償《つぐな》うに足る最期を求めているんだよ。おそらく、な――」

2

「…………」

東澱奈緒瀬は、ずっと車の助手席に座って、うつむいて考え込んでいた。もう何時間も、パーキングエリアに停めた車の中でそうやってじっとしていて、動かない。横の運転席では、部下が心配そうに

そんな彼女の様子をうかがっているが、彼女は自分の心の葛藤《かっとう》に向き合うのが精一杯で、他人に注意を向ける余裕がない。

(私は――何を考えていたの？　そんな状況でもなかったのに、どうして銃なんか、いきなり自分で――腕に自信もないのに。伊佐さんに当たっていたらどうするつもりだったの……？)

しかし、双季蓮生だと思われる男を前にしたら、急に頭に血が上っていたのだった。

(こんなことでは、私は――)

彼女が思い悩んでいると、横の部下の携帯電話が着信を告げた。彼はあわてて車から出て、そして電話に出た。最初は渋い顔で話していたが、やがてその顔色が変わった。

「な、なんだと――そんなものがどこから……判断、って言われても、今、お嬢様は――」

と彼がちら、と車内の奈緒瀬の方に目をやって、そしてぎくっ、とした。

いつの間にか、彼のすぐ側に奈緒瀬が立っていたのだ。彼女は厳しい顔をしている。

「なんだ？　山口《やまぐち》からの通信か？」

彼女が訊ねると、部下はあわてつつも、

「い、いえ――南《みなみ》です。なんでも、新しい資料が出てきた、ということで……」

「なんだと？」

奈緒瀬も顔つきが変わる。南という部下は、彼女のところから祖父の管轄下に派遣している、いわばパイプ役の人間である。

「貸せ！」

奈緒瀬は部下から携帯をひったくった。

「どういうことだ？　なんの話か教えろ！」

〝い、いえ、私にもよくわからないのですが……どうも御前《ごぜん》の耳に、時雄様とお嬢様が争っているという話が入ったようで、私と、時雄様の部下が同時に呼ばれまして、それで――〝ふたりにこれを見せてやれ〟とおっしゃられて、同じ封印された書類を渡

されたのです。なんでも、昔の警察の、調書の写しとかなんとかで……〃
南は事情を知らないので、なんともあやふやな言い方しかできなかったが、奈緒瀬にはすぐにピンときた。
（それは――例の、麦田刑事が双季蓮生を捕らえた直後に取ったという、その調書に違いない……！）
奈緒瀬は背筋に冷汗が流れるのを感じた。祖父は、今の自分たちを見ている――それを痛感したからだった。だが同時に、最初からずっと感じていた引っかかりが、あらためて浮き上がってもきていた。
（やはり――お爺様とお婆様は、当時にも双季蓮生に対して、しっかりと手を打っていたんだわ――でも、何故そのときに殺さなかったのかしら……？）
奈緒瀬の心の中で、伊佐俊一の言っていた言葉が反響していた。
〃爺さんに、直接訊いたのか〃
〃どうして訊かない〃
〃どうして――〃
「…………」
奈緒瀬は、今の自分が小さな子供に戻ってしまったような、そんな不安感に縛られているのをはっきりと自覚した。

*

「……あー、あー……どーなったんだろ……」

有香と双季は、駅から少し離れた道路沿いにあった二十四時間営業のファミレスに逃げ込んでいた。有香が必死で逃げていたら、あとから双季がやってきて、もう大丈夫そうだ、というので店で休むことにしたのである。もうだいぶ時間も経って、有香もだんだん落ち着いてきていた。

「向こうの混乱は相当のようですね。お互いに足を引っ張り合っている――やはり取引相手は、あのサングラスの彼の方に限った方がよさそうですね」

双季は相変わらず、落ち着いた調子である。

「あー……しっかし、切符が無駄になっちゃったわ——目的地の〝海の見える場所〟まで、まだ半分も来てないし」

「どうしますか？」

「いや、こうなったら行くトコまで行こうよ。まだお金もたっぷりあるし——」

言いかけて、彼女はちょっと周りを見回した。だが夜中であるから他の客は少なく、かつ彼女たちの方など誰も見ていない。

「ね、いいでしょ？」

「そうですか。あなたがそれでいいなら」

双季はあくまでも、彼女の意志を尊重する姿勢を崩さない。

有香はふと、あの列車から逃げ出すときに出会った、変な銀色の髪をした男のことを思いだした。双季のは白髪が銀色に見えなくもない、という程度であるが、あっちはまるで金属でできているみたいな、ものすごい頭だった。

（あの人、誰だったんだろう。保険会社の関係者にしちゃ、なんだか変だったけど——でもこっちのことを知っているみたいな、そんな感じのことを言ってた、みたいな——でも）

はっきりと、どんなことを言われたのかということはよく思い出せなかった。

（あの人のこと、双季さんに話すべきかしら……でもどういう風に言えばいいのかも、わかんないしなあ——）

有香がぼんやりとしていたので、双季が、

「どうかしましたか」

と訊いてきた。有香は少しどきっとして、

「う、ううん。なんでもないの」

ごまかして、その話をするきっかけを失った。そして、

「ね、ねえ。なんかお話ししてよ」

と半ば無理矢理に会話の方向を変えた。

「お話、ですか」

双季はちょっと困ったような顔をした。でも有香は引き下がらず、

「そうだ、家族のことを教えてよ。ずっと離れ離れになってるんでしょう？　話を聞けば、私も探すのに力を貸せるかも」

と詰め寄り気味に言った。

「………」

双季は少しだけ沈黙し、そして彼方《かなた》を見やるような遠い眼を一瞬した。有香は、なんだか自分も一緒に、その遥か向こうの何かを見ているような気分にとらわれた。

「私が、かつては貿易商をしていた、という話はしましたよね？」

「うん、聞いたわ。世界中に出かけていた、って――」

「私は、妻とその中で出会いました」

「じゃあ、外国の人だったの？」

「はい。しかし彼女は、前の夫との間の離婚がなかなかできなくて、私たちは正式な、役所に届けられるような結婚ができなかった。私は商売の関係で、世界のあちこちを移動していたし、彼女も地元に仕事がありましたから、私たちはなかなか一緒にいる時間をとれませんでしたが、それでも幸せでした。娘が生まれた頃には、私は自分の商売を一段落つけて、日本から出て、その国で落ち着こうかとも思っていました――しかし」

「ど、どうしたの？」

「……私は、その国に入れなくなってしまった」

双季は寂しそうな顔をした。

「私だけではなく、しばらくの間、その国には外国人がほとんど入れなくなってしまった。政治的な動乱があったのです。それはしばらく経ったら落ち着いたのですが、急いで帰ってみると、妻と娘の住んでいた土地にはもう、誰もいなかった。争いに巻き

込まれて、大勢の人が死んで、みんな逃げてしまったというのです——」

「そ、それで？」

「それで、それっきりでした。いくら探しても、家族は見つけられなかった——死んでいるかも知れないと思って、あちこちの墓地も調べて回りましたが、それでも見つからなかった。そして——」

双季はここで、少しだけ微笑みをみせた。

「そういうときに、私は彼に出会ったのです」

3

（双季蓮生は、そういうときに金持ちのドラ息子、ふざけ半分の冒険心でまだ政情不安定だったその国にやってきていた東澱光成と出会った、ということか……）

奈緒瀬は、資料を読みながら心の中で嘆息した。どう考えても、父の方が当時の双季蓮生の何倍も脳天気な感じに思えてならなかった。

警察の調書なので、表現が無駄に細部にこだわりすぎていて、専門的な法律用語も羅列《られつ》されて非常に読みにくかったが、なんとか読みすすんでいく。

これによると、しばらくの間、二人で世界中を旅して回ったらしい。旅費は光成が負担していたようだ。

（この辺のことは、わたくしもなんとなく覚えている——お父様がいないのはいつものことだったけど、なんか意味もなく外国を飛び回っていて、みたいな話をお婆様から聞いていたから——）

しかし二人の探索は結局、実を結ばず、光成はやがて帰国、双季も一緒に帰ってきた。

そしてその翌年に、光成が死ぬのだ。

双季はそのときのことを、こんな風に言っているという。

「私は、彼の死に責任があるかといわれれば、ある、と答えるしかないでしょう。だが私は彼が死ねばいいとか、憎かったという気持ちは一度も持ったことはないし、今もそうです。彼の子供たちが、このことで必要以上に傷つかないことを祈るばかりです」

これではなんの自供にもならないし、罪を認めているのかいないのかもよくわからない。殺意を否認しているとも取れるし、はっきりと自覚の上で、何らかの行為をしたという告白とも取れる。

日本に帰ってきてから一年、双季は何をしていたのか——どうもかつての商売の後始末に追われていたようだ。仕入れた雑貨や何やらの在庫を集めたり、かつての取引先に出向いたりして、しかしそれはいったん放り出して傾いた会社を建て直すためではなく、むしろ完全に消滅させるためだったようだ。

「私は自分がこの国にいたという痕跡を消してしまいたかったのです。記録が残っているとか、そんなことはどうでもいい。人々のしがらみとか、義理とか、そういうものをみんななくしてしまいたかった。整理したかったんです」

ところがそれを聞きつけた光成が、彼を呼びだしたのだ。そして彼は素直に指定されたホテルに出向いてきて、そして死体になった光成と一緒にいるところを発見されたのである。逮捕される際にも、まったく抵抗しなかったという。

「…………」

奈緒瀬は、ごちゃごちゃになりそうな頭をなんとか落ち着かせようと努力した。

(お父様は——かつては双季を助けようとしていた。それは確かだわ。しかし双季が身辺整理を始めたことを知ったら、その態度を変えてしまった——友人の方は変わらなかったのに)

光成が援助を打ち切ったのが憎くなったのか、という尋問も一応されていて、これに双季は何も答えなかったというが、しかしこれは、光成の方が呼び出した理由の説明にはならない。光成の方が、一人で何かしようとしていた友人にしがみついている感じだ。

「…………」

ぶるるっ、と身震いした。実際に父があの双季蓮生にだらしなくしがみついて、泣き言を言っている光景が頭に浮かんだのだ。それはひどく現実感のあるイメージで、父はそこで彼に「僕を見捨てるのか」と懇願しているのだった——。

（なんで——死んでから十年以上も経ってから、わたくしにこんな不快な思いを——）

奈緒瀬の心の中に、怒りが突然こみ上げてきてたまらなくなった。

（そうだ——今わかった。わたくしは父に関心がなかったわけではなかった——憎いんだわ。真剣に考えようとしていなかったけど、ずっとずっと憎かった——あのとき）

双季蓮生にとっさに銃を向けてしまったとき、彼女は双季を撃とうとしていたのではなかった。あれは父親に対する怒りが噴き出していただけだったのだ。

「——ふうっ」

奈緒瀬は息を大きく吐いた。

そうとわかれば、逆にすっきりした。

父の仇《かたき》を討つ、というつもりが自分にはまったくないのだ、と明確になって、対処すべき方向が見えた、と思った。

彼女は部下を呼んで、すぐに行動に移ると命じた。

「はっ、まずは何を？」

「マルチサービスの連中に先手を取られたことを、まず取り返す——事情を知る麦田刑事と接触し、何が何でも彼の協力を得ることだ」

「協力、といいますと——」

「彼が、東澱グループの、過去の隠蔽《いんぺい》工作を解明し糾弾《きゅうだん》する気があるなら、それを手伝うということだ」

奈緒瀬はきっぱりと言った。

そう、彼女はもう、亡父の名誉など守ってやるつもりがなくなっていた。

「え？　し、しかし——」

「兄がどう思おうが、かまうものか——お爺様は、わたくしたちに平等の情報を与えてくださった。これは自分の意志で行動せよと命じられたに等しい——ならば、兄と戦うまでだ」

＊

「今でも、はっきりと覚えています——家族と別れたそのときの光景を」

双季は、淡々とした口調で有香に話しかけている。

「郊外に買った小さな家の、ツタがからみついた門のところまで娘を抱いた妻が見送ってくれて、早く帰ってきてね、と手を振ってくれた。まだ赤ん坊の、娘の小さな手を妻が優しくつまんで、それを振ってくれていた——私は、おみやげを持って帰るからな、と返事をして、そして出かけていった——もしも未来がそのときにわかっていたら、決して出かけたりはしなかったでしょうが」

その声は、しかし落ち着いていた。つらい過去を告白する苦悩みたいな響きはどこにもなかった。

しかし、それを聞いている有香の方は、これは——、

「……ううう、うう……！」

両眼から大粒の涙を、ぽろぽろぽろとこぼしていた。

「なんて……なんてことなの……それで外国に行きたいっていうのね、双季さんは……」

有香は何度も何度もうなずいていた。その度に涙がテーブルの上に、ぼとぼとと垂れた。

「わかったわ、あ、あたしも手伝うわ！　もうずいぶんと時間が経っちゃったかも知れないけど——

でも、でも双季さんが、また家族と会えるように——」

双季はそんな、少女の開けっぴろげで、ある意味無神経な感情の発露を前にしても、穏やかな表情を変えない。そしてぽつりと呟いた。

「——その、雫《しずく》」

「え?」

「ある人が言っていました——人間にとって、真に意味のあることは、魂の一滴という程度の、ほんのささやかなもので充分なのだ、と——」

双季は、テーブルに落ちた有香の涙の、その雫を見ながら囁くように言う。

「——それがあれば、人は生きていける。あなたが泣いてくれたことは、そういう一滴を私たちに与えてくれたことになるのかも知れません」

彼は顔を上げて、そして微笑んだ。

そのとき、有香は少しどきりとした。

錯覚だろう、それはわかっているのだが——わかっているのだが、なんだかその一瞬、双季の横に、赤く濃い肌をした彼の妻と娘が一緒に並んで、こっちに微笑みかけているように見えたのだ。見たこともない人たちの顔が、雰囲気が、妙に生々《なまなま》しい感触で、そこにいるように感じたのだった。

「——」

しかし、それも一瞬である。すぐにその感覚は消えてなくなった。後には双季蓮生がひとりだけ、取り残されたように座っているだけだった。

「…………」

4

「だから、出張ですよ。出張」

麦田刑事は、苦い顔をして、何度も言った科白《せりふ》を繰り返した。

ここは騒ぎのあった駅からほど近い警察署の中である。

駅の通報を受けて駆けつけた警官たちに、麦田はやたらと質問攻めにされているのだった。

「しかしですね、そちらの署では正式な書類は提出されていないと言っていますよ」

警察は縄張り意識が強い。よその所轄の刑事が、自分のところで事件に巻き込まれたというような話には、ひどく神経を尖《とが》らせる。

「事後承諾ですよ。経費もテメエ持ち覚悟でやってるんだ。珍しくもないでしょうが」

「あの入院した外人たちは、こっちの捜査にまったく協力しようとしない。あんた、何か知ってるんじゃないのか」

「ありゃ東澱マルチサービスの連中だ。何度言ったらわかるんだ」

「東澱家の方に問い合わせても、そんな事情は承知していないと言われましたよ。適当なことを言ってごまかそうとしてるんじゃないですか」

「ああもう、だから東澱の方じゃ認めるわけがないだろう――」

何人もの刑事や警官に詰め寄られて、麦田はうんざりしきっていた。

一晩中、あれこれと責められ続けたが、それに辛《しん》抱《ぼう》強く対応していたら、向こうもだんだんと疲れてきたようで、入れ替わり立ち替わり来ていた人間がだんだん減ってきた。

そして頃合いを見計らって、席を立つ。

「おい、どこに行くんだ?」

訊かれても面倒くさそうに、

「便所だよ――別に取り調べじゃねえんだから、小便ぐらいは好きにさせろよ」

と答えて、身体をわざと側《そば》にいた警官にぶつけながら、閉じこめられていた会議室から出た。

どうせ警察署の内部など、どこの署でも大して変わらない。便所の位置など、教えてもらわなくてもわかる。わかるから――そっちには向かわない。

彼はずっと、やや蒸し暑い署内でもコートを脱がなかった。それはこのときのためだ。

（さてと――そろそろ電車も動いているだろう）

彼はすばやくきびすを返して、目立たない通路を抜けて、そして署からこっそりと抜け出した。

いつまでもくだらない縄張り争いに関わっているつもりはなかった。ここの連中は署長が出勤するまで彼をつかまえておくつもりだったのだろうが、そんなものにつきあってはいられない。

（どうせこの先、出世もしねえ身分だ――せめて気楽にやらせてもらうさ）

彼はそれでも目立たない道を選んで、駅に向かった。

思った通りに、始発はもう動いていた。あらためて列車に乗って、彼はふたたび目的地に向かう――双季は別の方に逃げてしまったようだが、いずれは彼が目星をつけた土地に行くだろうと、これは確信していた。そもそも同じ列車に乗り合わせた偶然が、その推理が外れていなかったことを表しているではないか。

そう――彼は、そのことを取り調べの時に、双季蓮生自身から聞いたのだから。

（あれは――そうか、もう十年以上も前のことになるのか……）

「あんたは、東澱光成さんに呼び出されたわけだな」

「はい」

「そのとき、あんたはどこにいた？」

「港の近くにいました」

「港？　どこの」

訊かれると、双季は素直にその土地の名前を言った。

「なんだってそんなところにいたんだ？　東澱光成は、あんたがそんなところにいることを、どうして知ったんだ？」

「さあ――私のことを調べていたのかも知れませ

ん。呼び出しも、彼の部下の方がわざわざ、そこで海を眺めていた私のところにまで来ましたから」

「なんだって東澱は、そんなに——いや、それは今はいい。その港になんの用があったんだ？」

「用、ですか——そうですね、特に用はなかった、ということになるんでしょうね、世の中の常識的には——強いて言えば、ただの気晴らしに行った、というところでしょうか」

「……？　なんのことだ？　特に仕事があったわけじゃないのか。荷下ろしとか——あんたは貿易をやっているんだろう？」

「それは、この前で終わりましたよ。会社は全部、整理がつきました。もう私には仕事はない」

「倒産したのか？」

「そう取ってもらってもかまいません。同じことですから。でも借金はありませんよ」

「よくわからんな——港に行って、それでなんの気晴らしになるんだ？」


麦田がそう訊ねると、双季はなんとも言いようのない、無表情と微笑みの中間のような、曖昧でつかみどころのない顔になった。そして、

「刑事さん——あなたは、自分が今、そこにいることになんの疑問もないでしょう？　自分はしっかりと、ここにいると信じているでしょう」

と、不思議なことを言い出した。麦田がぽかん、としてしまうと、双季はそのまま言葉を続けた。

「誰でもそうでしょうね。しかし私はそうじゃない。自分がここにいる、ということが、どうにも信じられない——自分は、実はここにはいないんじゃないか、そんな気がしてならないんですよ。本当は自分はどこか別の場所にいて、そこでここにいるという、変わった夢をみているんじゃないか、と——そう思えてならないんですよ」

「…………」

「海を見ていると、いや——海の向こうのとぎれた水平線を見ていると、それが薄れるような気がする

んです。自分がどこにもいないような感じがして、すうっ、と身軽になるような——」

「……海の向こうの、奥さんと娘さんがいる国に続いているような気がするのか？」

麦田がそう訊ねると、双季は寂しそうに笑った。そして、

「あなたも、二人は生きていないだろうと思っているんでしょう？」

と訊き返してきた。麦田は少し気まずくなって、渋い顔になる。その動揺を隠すために、麦田は強い口調で、

「そういうことを、東瀲さんにも言われたのか？家族のことで、なにか悪口を言われて、それでカッとなったりしたんじゃないのか」

言いながら、しかしそんなことはありそうもないな、と思った。

双季はこの問いにもまったく動じずに、麦田の眼をまっすぐに見つめ返しながら、言った。

「彼は、私に訊いてきました——どうして君は涙を流さないのか、と。私は答えなかった。自分がそこにいないような気がして、目の前にいる彼のことも、なんだか——幻影のような気がしたのです」

「…………」

麦田は、こいつが殺人犯だと仮定して、東瀲光成を撃ち殺すところを想像してみた。だがそれでも、この男が激情に駆られて銃を撃つところは思い浮かべられなかった。もしもそうだったとしても、こいつは今のように、何を考えているのかわからない、穏やかな表情のまま引き金を引いたのだろうか。

「あんたは、今も——」

と訊きかけて、しかし麦田はその先は言わなかった。

彼はそのとき、あんたはこうして取り調べを受けている今も、自分はここにはいないような気がしているのか、と訊きたかったのだが、その答えはあっさりと返ってきそうな気がしたのだ——

〝はい〟

――と。そうしたら麦田は次の質問もしなければならなかっただろう。つまり――

〝では、あんたの目の前にいる俺は、いったいどこにいると思っているんだ？〟

……と。

(もしもあのとき、あの質問をしていたら――ヤツはどう答えていたのか)

早朝の始発電車に揺られながら、麦田は考え込んでいた。

それから、ふと――今回の事件の発端となった、あの変な予告状のことを思い出した。

〝生命と同等の価値のあるものを――〟

(単なる脅し文句だろうと特に気にも留めていなかったが、しかしあれを寄越したのが双季だということになると、どうしてヤツがそんな言葉をわざわざ選んだのか、それがわからない――ヤツにはもう、大切にするものなど何もないだろうに――どこからそんな変な文句を仕入れたんだ？)

刑務所の中か？ 囚人同士は、実に細かい情報を色々と交換する。その中で誰かから聞いたのだろうか――だとしたら、それは、

(いったい誰なんだ――あの保険屋どもがキャビネッセンスとかいっていた、あの変な話を双季に教えたヤツというのは……？)

麦田は落ち着かない気持ちになった。疑問が湧いたからではない。なんだかわからないが、自分は既にその答えを知っているような、そんな気がしてならなかったからだ。その張本人に、自分はもうとっくに出会っていて、その思惑通りに動かされているような――そんな感覚が。

CUT/6.

まだ信じてるのは、いつか握った手の優しさ

――みなもと雫〈ネバー・リメンバー〉

1

面会に来た、というと、その刑務官はあからさまに嫌な顔をした。無表情な千条は不気味で、伊佐は――あまりにもその筋のプロっぽく見えたからだろう。

「ほんとうに保険会社の人間か？」

誰かと接触する度にそう訊かれ、その都度わざわざ身分証を提示した。見せる義務があるわけでもないが、伊佐は正直、こういった官憲の横暴な態度に言葉で返事をするのが不快だったのだ。

結局、目的の人物に面会するまで無駄に二時間も掛かってしまった。

ここで待て、と言われた面会室で、伊佐と千条は二人並んで待った。

「しかし、なんでこんなに手間取ったんだろう？」

「俺たちが怪しいからだ」

「しかし、公的にも通用する身分証も、正式な理由も提示したじゃないか」

「そもそも、他とは違う理由で要求を出す者は、公的機関では全部、怪しいヤツなんだよ」

「前例至上主義、ということかい」

と、二人がこんなことを話しているのを、面会室で記録を取るためにいる刑務官が険《けわ》しい眼で睨みつけている。しかし二人とも平然としている。

「ところで、なんで僕らだけ先に通されて、面会人が来ないんだい？」

「俺たちのことを、囚人に先に見せるためだ。そこの小窓から覗かせるんだよ。下手をすれば生命を狙われる危険があるからな。会わない、と向こうに言われたらそれまでだ。しかし――今回はたぶん、大丈夫だろう」

「へえ、どうして」

「ヤツは独房にいるそうだ――話し相手に飢えているだろう」

伊佐がそう言うのと、ほとんど同時にアクリル板で仕切られた面会室の向こうから、一人の中年男が姿を現した。多少おどおどしていて、やや大きめの眼を落ち着かない風にきょろきょろと動かしている。

「箱崎憲次だな？」

伊佐がそう訊くと、その男はうなずいた。

「ああ、そうだけど——あんたらは？」

その問いには答えず、伊佐はさらに、

「西秋有香の父親だな？」

と質問した。

箱崎の顔が、ぎくり、と引きつった。

「な、な——」

「離婚して、向こうは母親の姓になっているが、戸籍上ではおまえが実父だ。そうだな」

「な、なんだよ——あいつ、何かしたのかよ？」

「おまえみたいな詐欺師でも、娘は心配か——なら俺たちに協力するんだな」

「ど、どういうことだよ？」

「質問はまず、こちらからします」

千条が冷たい声で口を挟んできた。

「我々はサーカム保険の者です。この名前に聞き覚えはありますか？　——ああ、今あなたは瞳孔《どうこう》の不自然な収縮と、呼吸の乱れを見せましたね。動揺している。その動揺の性質は、九十七パーセントの確率で、知っていて、かつそのことに後ろめたさを感じているという身体反応と一致しますね」

千条は、相手が返事をする前に、確認しようとしたことを全部終わらせてしまった。

「な、な……」

箱崎は唖然としている。その彼に伊佐が、相変わらずのドスの利《き》いた声で、

「おまえがサーカムのことを知っているのは、カモのひとつとしてか？　そのことを誰から聞いた？」

「お、俺は別に——」

険悪な空気が充満し、その場を監視していた刑務

官が立ち上がり、

「おまえら、何を――」

と怒鳴りかけたところで、伊佐が、

「今は、記録を取っておいた方がいいぞ――いずれ本庁の神代《かみしろ》警視が、俺たちがここに来たことを聞きつけて、調べに来るからな。そのときに記録の不備でもあったら、あんたら困ることになるぞ――所長の首が飛ぶかもな」

と、やはり迫力満点の声で静かに脅した。刑務官の顔が引きつる。千条がそれを無視するように、すぐに、

「あなたは、サーカム保険がある特記条項に基づく事例に対しては、ほぼ無条件で保険金が下りるということを知っていましたね。それはどこで知ったのですか」

と箱崎に訊ねた。声のトーンが一定なのが、この場合は威嚇《いかく》にしか聞こえない。

「ま、待ってくれ、俺はホントに――」


「おまえがやっていないことはわかっている。質問に答えろ」

伊佐はサングラス越しに箱崎のよく動く眼をまっすぐに睨みつけた。

うぐっ、と箱崎は絶句して、そしてうなだれてしまった。

千条がさらに何かを言おうとしたが、それを伊佐が手を上げて止めた。その数十秒後に、箱崎はぼそぼそと、

「……き、木塚《きづか》ってブローカーに聞いたんだ。でも、だいぶ前の話だ。変な外国の保険会社が、不透明な金を動かしてる、きっと裏金の処理だとかいって――」

「それは木塚利雄《としお》ですか」

千条が、すぐにフルネームを言ったので、伊佐は彼の方をちら、と見た。千条はうなずいて、

「データバンクにその名前が記録されている。四年前の〝オーロード〟事件に関係した男だ。今は精神

障害者として、病院に入っている」

と答えた。四年前では、伊佐がサーカムと関わる前の話なので、彼は知らない。

「え……び、病院？」

箱崎の顔が恐怖に強張った。伊佐はその隙を見逃さず、

「おまえも、秘密を抱え込んで潰れたいか？」

と、最後の一押しをした。

「……け、けくっ」

と箱崎の喉から変な音が漏れた。それは口八丁でやって来た人間が、その力を奪われたとき——もう騙せることが何もない、というときに漏らす、言葉の残り滓《かす》だった。

「木塚からはもう話は聞けないな——俺たちはおまえに頼るしかないということだ。適当な嘘をついてもいいが、その場合はどうなるか——」

「——け、計画を立てただけだ！　細かいことも調べてねえよ！」

箱崎が悲鳴のような声を上げた。

「適当な、サーカム保険に入っていて、最近死んだ連中の名前をいくつか摑んだぐらいだった、本当だ！」

「その計画——誰かに漏らしたか？」

「え？　い、いや——そんな間抜けじゃねーよ」

「そいつは、頭の中に入れていただけか？　何かに書いたりはしていなかったのか」

伊佐は訊ねたが、しかしそれはもう確認だった。彼の中ではひとつの感触がもう、固まっていた。

「い——それは……」

箱崎の顔色がだんだん青くなってきた。彼も、そのことを思い出したのだ。

「……じ、じゃあ……この前、有香のヤツが面会に来たのは……」

「娘さんに、その計画書を見られましたね？」

千条も事態を把握した。

「い、いや……すっかり忘れてたんだ……前の家

に、置きっぱなしだったことなんて――」

がたがたと箱崎は震えだした。

「おまえ、娘になんて言ったんだ」

「だ、だって――まさかそんな意味だとは思わねえから――」

「〝俺の計画はたいてい完璧よ。パクられたのはたまたま運が悪かっただけだ〟なんて、つまらない自慢でもしたか」

伊佐が言うと、箱崎は黙ってうなだれてしまった。図星らしい。

「娘に、自分の犯罪計画を自慢するという心理はどういうものなんです？」

千条が不思議そうに言った。完璧に嫌味にしか聞こえないが、本気で言っているのは伊佐にしかわからない。

だが伊佐は言わせるままで、ひたすら箱崎の顔色ばかりをうかがっている。

そして、ふーっ、と深くため息をついて、立ち上がった。

「話は終わりだ。千条、戻るぞ」

「もういいのかい」

「おまえは訊くことがあるか？」

「彼に是非とも、現在の心境を説明してもらいたいんだが――」

「そいつは俺が後でしてやる。行くぞ」

「そういうことなら」

千条も立ち上がった。そして伊佐はずっと困惑気味だった刑務官に向かって、

「ちゃんと記録は取ったか？」

と言い、そして最後にちら、と箱崎に眼を戻して、

「一応、訊いておく――おまえ、双季蓮生という男は知っているか？」

「は？　ソー……なんだって？」

箱崎はきょとん、とした顔をみせた。それを見て、千条もうなずいた。

「その表情はほんとうに知らないようだね。あなたはずいぶんと顔に心理が出ますが、それでよく詐欺師がつとまりましたね？」

と、これまた真顔で言った。箱崎の方は、もう文句も言う気力もないようで、ぼんやりとしているだけだった。

「——しかし、どういうことだ……？」

伊佐は、刑務所から外に出て、車に乗り込んで、走り出してからも、ずっと腑《ふ》に落ちないという表情のままだった。

「西秋有香——なんで、双季蓮生はその娘と一緒に行動しているんだ？」

「娘の方は、どこからペイパーカットの話を知ったのかはこれで確認できたじゃないか」

車を運転している千条はのんきな調子で言うが、これに伊佐が、

「だから、ますます混乱する——てっきり双季が、何も知らない家出娘を丸め込んだのかと思っていたんだが、これだと娘の方もペイパーカットのことを、あらかじめ知っていて、それで脱獄囚の双季を味方に引き込んだみたいじゃないか——話があべこべになっている——どっちが正しいんだ？　それに、東澱の連中がずっと血眼《ちまなこ》になって捜し続けていたはずの双季は、それまで全然見つからなかったのに、西秋有香にはどうしてヤツと接触する機会があったんだ……？」

と、渋い顔で疑問点を次々に挙げる。

「なんだか話が、最初からどこかおかしい——何か、肝心のことが抜けている……」

と呻くように言って、そして千条を見た。

「おまえは、欠落している論理を見つけられないのか？」

「君が何をそこまで気にしているのかわからないけど、現時点のこの状況は、どっちにしろ決定的に情報不足だと思うんだけどね。それこそ双季蓮生の言

い草じゃないが、彼から話を聞かないとどうにもならないという――」

「そうなんだろうか――ほんとうにそうか？　俺には、もうほとんど考える素材は揃っているような気がしてならない――あとひとつ、ひとつだけ見落としている点があって、それさえ見つかれば――」

伊佐は忌々《いまいま》しそうに呟いて、それから頭を掻《か》きむしった。

「――ああ！　まったく己の頭の悪さに腹が立つ！」

「君は、相当に優秀な知性と思考演繹《えんえき》能力の持ち主だと思うけどね。それは謙遜《けんそん》かい、それとも韜晦《とうかい》かな」

伊佐の苛立ちなどまったくおかまいなしで、千条は淡々と言う。

「…………」

伊佐は不機嫌な顔をして、黙り込んだ。そのまま頭の中で考え続ける。

（千条の論理回路《ロジカルサーキット》は、この前は少女の存在を感知しただけで機能した――それなのに、今はまだ作動する気配もない。それこそ本当に、状況に当てはまる新しい情報素材がないんだろう――ということは、俺が引っかかっていることは、二人とも、いや奈緒瀬や他の奴らも全員、揃いも揃って見落としていることなんだろう――それが重要な鍵だと認識されていない――しかし、他の連中が気にならないのに、俺だけがそんなに気になることというのは――そいつは……）

と、そこまで思ったところで、伊佐は急に冷や水を浴びせられた感じがした。

（俺だけが特に、ムキになっていること……だと？　そんなものはひとつしかないじゃないか――）

伊佐が、急に湧き上がってきた想念に身震いするほどの戦慄《せんりつ》を感じたとき、彼の胸元で携帯電話が着信した。

「…………」

伊佐は、それをポケットから取り出す前に、誰かから掛かってきたのかわかっていた。彼はすぐに出て、

「それじゃあ、話の続きを聞かせてもらおうか」

と言った。すると電話口から、

〝ああ——お待ちになっていましたか〟

という、落ち着いた声が聞こえてきた。双季蓮生の声であった。

2

(——うう、くそっ……)

漆原沙貴は焦っていた。彼女の部下はほとんどが病院送りになってしまい、当初の目的であった双季蓮生の暗殺という仕事は、かなり達成が難しくなってしまった。実働部隊なしでできることではないし、新しい傭兵をすぐに仕入れるのは厳しい。

(このままでは、私は時雄様に会わせる顔がない……!)

よりによって、あの奈緒瀬に成果を横取りされるような真似は、これだけはなんとしても避けなければならない。だがその危険が迫っているのは間違いなかった。あっちは部隊が完全に温存されているのだから。

(あのサーカムの奴ら……まさか奈緒瀬とグルなのか？　話では同じ獲物を取り合っているライバル同士ということだったが——あの性悪《しょうわる》猫の奈緒瀬に丸め込まれたか)

彼女は奈緒瀬が嫌いだった。時雄が苦労して、東澱家が周囲と円滑な関係を保てるようにと努めているというのに、あの女は末っ子の分際で、あれこれ好き勝手をやっては周囲を畏《おそ》れさせている。時雄の根回しの苦労が台無しになったことも一度や二度ではないのだ。

(少々、御前に気に入られているからって、いい気になって……!)

彼女はカッとなって、テーブルの上のクリスタルの灰皿をホテルの壁に叩きつけた。

そのとき、部屋に備え付けの電話が鳴った。彼女は苛立ちのままに、勢いよく電話に出た。

「――なに?」

〝フロントでございます。あの、外線が入っていますが……〟

「どこから」

〝ミヤマ物産の方だそうです〟

「つないで」

彼女は素っ気なく言うと、その電話を掛けてきた相手と会話を始めた。ごちゃごちゃと言い合い、最初から不機嫌だった沙貴はどんどん険悪な調子になっていく。

「……だから言ってるでしょう、このことは警察沙汰にはしたくないということなんだから。――そこを何とかするのが、あなた方の仕事でしょう、部下の掌握もできないの? 文句なんか言わせておけばいいのよ――資料は届いているわね。――え? 何? ……あのねえ、仮にも私が、時雄様の裁可を得ないで勝手なことをするわけないでしょう。……別にいいのよ、この件を頼んでいるのはあなた方の会社だけじゃないんだから。この土地で、自分たちだけは特別ですっていう態度を取りたいなら、勝手にしてもかまわないのよ――」

＊

「――うりゃうりゃ」

有香は駅前のベンチに腰掛けて、あの笑ったような顔の民芸人形を取り出していじっていた。

「うりゃうりゃ、くすぐったい? それであんたは笑ってるの? どーなの、おい」

小さな声で、ぼそぼそと人形に話しかけてふざけている。拾った物なのに、なんだか彼女にはその人形は子供の頃からずっと大切にしていた友だちのような気がしていた。

そんな彼女の前では、双季が彼女の携帯電話で通話している——その相手は、むろん伊佐俊一である。

「——ああ、お待ちになっていましたか。そろそろ話を決めてしまいたいところですね、お互いに——」

有香には、二人が何を話しているのかよくわからない。わからないままに、ここまで来てしまった。

彼女は顔を上げて、周囲を見回す。海が近いというが、別にそういう感じはしない、ただの街並みである。大きな都市ほどの人通りはないが、それなりに人が歩いている。ほんの数日前までは、名前も知らなかった街だ。一生、来ることもなかったであろう街だ。そこに今、彼女は昔から住んでるような顔をして、ベンチに腰掛けている。その後ろでは柵《さく》を挟んで川が流れている。これは海に通じているのだろう。流れはさほど早くない。


ここの人たちは、みんなあたしのことを知らないんだなあ、と思うと、不思議と心が軽くなるような気がした。

(あたしって——どうして家出したんだっけ——)

嫌で嫌でしょうがなかったことがあったのが、今ではどうにも信じられない気がした。ついこの前までは、自分は何かに縛りつけられているような、閉じこめられているような、そんな気がしていたのだが、しかし今では少なくとも、こう思える——

(そっか——〝外〟ってあったんだなあ)

どうしようもないと思える状況でも、どんなに自由がない環境でも、少なくとも〝外〟はあるのだ。自分がそこまでたどり着けるのかどうかはわからないが、それでも、自分が今いる状況だけが、世界のすべてではない——そう思うと、妙に晴れ晴れとした気分だった。肩に入れていた力が、すーっ、と抜けていくような感じがした。

そうやって、ぼーっとしていると急に、双季が話している電話の、相手の声がふいに耳に飛び込んできた。

〝西秋有香とは、話ができるのか？〟

それはいやにはっきりと聞こえたので、びくっ、と丸め気味だった有香の背筋が伸びた。

双季が電話を差し出してきたので、有香はおそるおそるその電話口に出た。

「……は、はい」

声を変えたりすべきなのか、少し迷ったものの、どうせ名前がバレているのだから何をしても無駄ではある。そして相手の男の方は、そんな彼女の躊躇など完全に無視して、

〝君は、何を持っている？〟

と、いきなり訳のわからないことを訊いてきた。

「……は？」

〝いや、君は持っているはずだ——西秋有香さん。とにかく君が今、持っている物はなんでも、どんなにつまらないものであっても、俺たちと会うまではひとつも手放すな〟

「ち、ちょっと——なんのことですか？」

〝説明しても、君にはわかるまい——とにかく、この一連の事態の鍵は、君が握っているんだ〟

「いやあの、その——」

有香はすっかり慌ててしまった。なんだか自分もこの保険会社の人間と会わなければならないような流れになっているが、そんな度胸はもちろんない。

「わ、私はその」

〝君が、家出をしているというのは調べがついている。家には帰りたくない、というのなら、こっちで新しい仕事と住居を用意してもいい——とにかく、我々と接触するまで、何も捨ててはいけない。約束してくれ〟

男の——伊佐俊一の声は、どこまでも真剣で、甘いことを言ってごまかそうというような響きが全然なかった。

「あ、あの——なんなんですか？　私はなんにも

――」

　持っている？　何をだ？　そんな重要な秘密が関わっているような物は――彼女は思わず目を落として、持ったままの笑い人形を見つめた。

（この子ぐらいしか、私は持っていないけど――でも）

　そんな馬鹿な、そもそもこの子は物陰に落ちてたのを拾っただけだし……と有香は思って、人形を握る手に少しだけ力を込めた。

〝とにかく、目立たないように隠れていてくれ。こっちもすぐに、そっちへ向かう――〟

「い、いや――ええと」

　有香は混乱しつつも、なんだか相手が彼女のことばかり言うので、つい、

「そ、その――双季さんの方も、何かしてくれないんですか？　この人、外国に行きたいって――」

　と訊いてしまった。別にそんな、取り引きできるような物なんかなんにも持っていないのだが、つい勢いで言ってしまった。

〝…………〟

　電話の向こうで、伊佐は一瞬口ごもった。だがすぐに、

〝……君が望むなら、彼の要求も呑む〟

　という返事が返ってきた。その声には有香のことを言っていたときよりも、心なしか力がなかった。

＊

「――君たちは、とにかくそこからあまり移動するな。動くと、双季を狙っている奴らに見つかる。こっちは今からだと、そこまで一時間くらいだ。手近の、喫茶店か何かに入っていてくれ」

　伊佐は、的確かつ簡潔に、こういうことが不得手であるはずの少女に向かって会見の約束を取りつけていった。

　その横で、車を運転している千条は、会話の言葉

からすでにハンドルを高速道路に乗るルートへと切っていた。

「——とにかく気をつけることは、今持っている物を手放さないことだ。ロッカーに入れたりして、そこから離れてもいけない——とにかく身につけていてくれ。これができなかったら、取引はできない。いいな？」

伊佐はさんざん有香に念を押して、ようやく電話を切った。ほんとうならずっと話していたいぐらいだったのだが、有香が「そろそろ電池が切れそう」だというので、やむなくいったん切ったのである。緊急時に連絡が切れることを考えると、仕方のない処置であった。

「ふう——」

伊佐は呻いて、頭をがりがりと掻いた。渋い顔をして、落ち着かない様子だったが、千条は彼が冷静に戻るのを待たずに、

「さて、説明してもらいたいんだけどね」

と言った。伊佐は、

「わかっている——しかし、俺自身もまだ、いまいち整理がついていない」

とやや苛立ったような声で答え、それからまた、うー、と呻いた。言葉を探しているようだったが、千条はそれも待たずに、

「さっき、君は西秋有香に対して、あきらかに君の職務権限の範疇《はんちゅう》を越える約束をしていたようだけど、それが実行されるためには、明快な理由と目的が必要なのはわかっているよね」

と詰め寄ってきた。そう言いながらも車の運転には微塵《みじん》の無駄もなく、すいすいと他の車を追い抜いていく。

「ああ……しかし、バイトの斡旋《あっせん》とアパートのひとつやふたつ借りるのは、別にサーカムの機構を使わなくてもできるだろう」

「そっちじゃないよ。忘れたのかい、双季蓮生は脱獄囚なんだよ。その彼を国外に出すなんてことは、

よほどの上層部との交渉と代価が必要だ。そんなものは君では用意できないだろう。神代警視に頼むつもりかい。しかし彼でも——」

「いや……おそらく、その必要はない」

千条の言葉を途中で遮った伊佐は、さらに渋い顔になっていた。

「双季蓮生は——もう、何も望んでいないだろう」

「しかし彼には、脱獄してまで達成しようとする目的があるんだろう？　釘斗博士は、贖罪とか何とか言っていたけど」

千条が反論したが、これに伊佐は、

「——双季は、脱獄なんかしていないんだよ、おそらく——」

と、やや力のない声で応えた。それはさっき、有香に双季のことを訊かれたときと同じ声だった。

「どういう意味だい？　現に双季はこうして、刑務所から抜け出して外をうろついているじゃないか。これがなんらかの、刑務所ぐるみの陰謀だとでも？　悪いけど、それはあり得ないよ。あまりにも大掛かりすぎる」

「そうじゃない——そういうことじゃない。こいつはそんなもんじゃないんだ——そんな論理的で、常識的なことじゃなくて、もっと突拍子もない、不条理な……そう、こいつはペイパーカットが絡んでいることなんだ。当たり前であるはずがない」

伊佐は、説明しているというよりも独り言を呟いているようだった。

「さっきから君は何を言っているのか、僕にはどうも理解できないね。君は結局のところ、双季蓮生をどういう風に考えているのかな。ペイパーカットの協力者で、我々の敵なのか、それとも貴重な情報を提供してくれる内通者なのか、あるいはすべては嘘で、我々を騙そうとしている詐欺師なのか——」

「どれでもない……彼は、そんなものではない」

伊佐はサングラスの奥で眼を細めて、寂しげな表情になった。

「彼はおそらく——何もないはずの刑務所の独房の中で、受け取ったんだろう——あの、生命と同じだけの価値があるものを盗むという、例の予告状を」

「え？　それって——」

「ああ、そうだ」

伊佐はうなずいた。

「双季蓮生は、今回の事件でペイパーカットにキャビネッセンスを盗まれた、その被害者なんだ」

3

「——む？」

ひととおり街を回ってみた後で遅めの昼食を取って、ラーメン屋から出てきた麦田刑事は、なんだか街の様子に違和感を覚えた。

「なんだ——？」

理由はわからないが、なんだかびりびりするような気配があった。ラーメン屋に入る前と、今と——なにかが違っていた。

麦田は、例の港に通じるこの街に今朝着いて、それからずっと双季のことを捜していたのだが、目撃証言も何もなく、もしかするとまだ着いていないかも知れないと考えていたところだった。

（しかし、別に変わったところはないはず——人通りがやや増えたぐらいで、それも歩いているのは見るからに、この辺の連中ばかりだ……しかし）

何かが変なのだった。ふつうの当たり前の街に、いつもの人間たち——だが、何かが違っている。

その感覚の正体を探ろうと彼が周囲に視線を巡らせたとき、しかし彼の注意はそこで途切れてしまうことになった。

通りの向こう側から、一人の女が大勢の男たちを引き連れて、こっちにまっすぐやってくるのが見えた。その女には見覚えがなかったが、しかし彼にはもう、そいつが誰なのかわかっていた。

「……くそ、こんなときに」

彼は毒づいたが、しかし逃げようとはしなかった。彼も歳だ。若い連中からは逃げられないだろう。

彼が立ち止まっていると、女は彼の前にやって来て、そして、

「麦田泰洋刑事ですね、わたくしは東澱奈緒瀬といいます。あなたを捜していました」

と言った。その口調は予想に反してやや謙虚《けんきょ》なものだったので、麦田は少し虚を突かれた。

「東澱のお嬢様が、ヒラ刑事の俺なんぞになんの用だ？」

「まず——あなたにお詫びしなければなりません。以前にわたくしどもの家が、捜査の不当な妨害をしたことについて。その上で、あなたにお話を伺《うかが》いたいのです」

奈緒瀬は麦田の顔を正面から見つめて、そう言った。

「——なに？」

麦田は面食らった。東澱が〝あやまる〟などということがあり得るとは、彼には思いも寄らないことであった。

彼は通りを抜けるように案内され、駐車場に停められた奈緒瀬のリムジンに乗せられた。といって移動するわけではなく、その中で話をしようというのであった。

「わたくしは、真実が知りたいのです」

奈緒瀬は麦田に、祖父から渡された調書の写しを出して見せた。麦田は驚いて、かつて自分が書いたその書類を見返した。

「……我ながら、整理のついてねえ調書だな」

「あなたは、わたくしが知る限りで、双季蓮生から直に説明を聞いた、その唯一の人間です。そのあなたから見て、当時の——わたくしの父が死んだ直後の双季はどのような人物でしたか？」

「印象でいいのか」

「それが聞きたいのです」

「なるほど——本気のようだな。わかった。被害者の娘さんだから、ってのは抜きでいいんだな」

「お願いします」

「真実といったが、そんなものは俺にもわからん。ただ、通報を受けて俺たちが駆けつけたときに、双季蓮生は逃げずにそこにいたのは確かで、ヤツは被害者の横に座っていた。全身血塗《ちまみ》れだったのは、被害者をきちんとベッドに横たわらせるために、抱きかかえたからだった。銃は持っていなかった。テーブルの上に置かれていた。口径の大きい銃で、無駄に威力が強く、かさばりすぎるので持ち歩くのには不向きのやつだった。弾丸は一発しか減っていなかった」

「それを所有していたのは、父だったのでしょうか？」

奈緒瀬は、自分たちの方ではわかっていることを警察も摑んでいたのか確認するために、そう訊いた。これに麦田は首を横に振った。

「それはわからん。だが——双季蓮生のような男が、そんな拳銃をどこから手に入れたか、と言われれば、まず不可能だと言うしかないな。それにヤツの所有物にも、拳銃に関連した物や、他の武器などはなかった」

どうも証拠は見つけなくても、見当はついていたようだ。この刑事は思っていたように優秀だ、と奈緒瀬はあらためて認識した。

「何を持っていたのですか」

「ヤツが持っていたのは、くたびれたバッグが一つだけで、その中には大したものは何もなかった——一つだけ目立ったのは、あれは……」

麦田はふと、あれを双季は、刑務所にも持っていったのだろうか、と思った。だとしたらそれは刑務所の中の、釈放されるまで囚人の所有物を保管しておく倉庫に入れられていたはずだ。

「そう、あれは人形だった」

「人形？」

「ああ、外国の民芸品で、笑っているような顔をした人形だ。なんでも――生まれたばかりの子供におみやげとして買ったものだったそうだ。ヤツは結局、それを我が子に渡せなかったわけだが――ずっと持っていたんだな」

「………」

奈緒瀬は、やや暗い顔になった。彼女も双季蓮生の悲しい来歴は知っている。彼女はあらためて、

「――父は即死だったのですか。あなたの印象では、彼は自殺だったと思いますか」

と訊いた。これに麦田は率直に、

「状況証拠からすれば、そうだろうな」

と答えた。それから顔をしかめて、

「だが俺たちには双季をみっちりと調べる時間がなかった。ヤツの手に硝煙《しょうえん》反応があったのか、なかったのか、それさえも確認できなかった」

とも言った。

「父の手は調べたのですか?」

奈緒瀬がそう訊くと、麦田は首を横に振った。

「そんなこと、できるわけがないだろう。遺体がどこに行ったのかも、俺たちは知らなかったよ。まともな検死に掛けられたのかどうかも、な」

「それなのに、双季は有罪になった。それは圧力のためですか」

「それもある――だが、一番の理由は、双季自身が否認しなかったからだ。ヤツは色々と訳のわからないことは言ったが――やったともやらなかったとも言わなかった」

「この調書にも、その辺のことは書いてありますが――しかし実際の発言録というわけでもない。あなたは、双季が言った言葉で特に印象に残っているものはありますか」

「ふむ――そうだな」

麦田は少し考えたが、しかし考えるまでもなかった。そもそも、その言葉を聞いたから、彼はずっと双季蓮生のことが頭に引っかかり続けていたのだか

ら。それは取り調べの時ではなかった。双季蓮生が、友人の死体の横にいて、麦田がその様子を発見した、まさにそのときだった。大口径の拳銃弾が東澱光成の頭を半分吹っ飛ばした後の、その血と髄液と頭蓋骨の破片が飛び散ったホテルの部屋で、びっくりするくらいに穏やかな顔をして、その友の顔をなでていた双季は、絶句している麦田と相棒の刑事に向かって、静かな口調で、

〝慌てなくてもいいですよ。どうせ私たちは、もうどこにも行けませんから——とっくに閉じこめられているんですから〟

と言ったのだった。その顔には狂気など欠片《かけら》もなく、この世の誰よりも正気に見えた。そしてそれからの双季は何事にも一切逆《さか》らわず、そのまま刑務所に行ったのだった——。

（そうだ、あのとき——確かに〝私たち〟と言ったた。あれは自分と東澱光成の、二人のことだったのか、それとも——）

この世にいる、ありとあらゆる人間のことを言っていたのか……そのことを質問しそこねたまま、ここまで来てしまった。

「そうだな——ひとつだけ言えることは双季蓮生は、自殺に巻き込まれただけにしろ、事故だったにしろ、光成さんをまったく恨んでいる様子はなかったということだな。だから逆に、ヤツが殺したのだとすれば不気味なんだろうが、どうも——」

「たとえば、ですよ」

奈緒瀬は身を乗り出してきた。

「双季蓮生さんが無実だったとします。そのことを公《おおやけ》にして、裁判を起こすなりなんなりしたときに、あなたは証言台に立つ気がありますか？」

言われて、さすがに麦田はぎくりとした。

「——なんの話だ？　あんた——まさか」

「ええ。私は、それが真実なら、双季さんにしかる

べき償いをすべきだと考えています。その上で、かつての東濵の横暴な圧力を暴き立てる——」

「……家に逆らうっていうのか？」

「わたくしのお爺様は、どうもわたくしに自らの意志で動くことをお望みのようですので、必ずしも家に背《そむ》くことにはなりません」

奈緒瀬の言葉にはまったく迷いがなかった。

麦田は、ふはっ、と息を大きく吐いて、胸元のネクタイを弛めた。

「どうも……とんだお家騒動に巻き込まれちまったようだな。たしかあんた、兄貴と後継者争いをしてるんだろう。そのひとつなのか、こいつが」

「どう取ってもらってもかまいません。あなたはいずれにせよ、双季蓮生を捕らえるというのでしょう？　わたくしどもはそれに協力いたします。兄方の者が妨害するなら、それを防ぎましょう——」

奈緒瀬がそう言ったとき、車の外からざわざわと何やら騒がしい音が響いてきた。すぐ外に立っていた警護役の者が、こんこん、とノックしてきたので、奈緒瀬はその窓を開けた。

「どうした？」

「なにか騒がしいようです——見つけた、とか言って何人かの者たちが表の通りを走っていきました」

それを聞いて、麦田の顔色が変わった。

「しまった——もう動いていたのか！」

彼は車のドアを開けて、外に飛び出した。

やっと彼は、さっき自分が感じた違和感の正体に気づいていたのだ。それは街を歩いている人間たちが、みんな——

（俺と同じように〝誰かを捜している〟目つきをしていたんだ……！）

4

（な、なんなのかしら……？）

有香は呆然としていた。訳のわからない電話をもらって、彼女が一番の鍵だとか意味不明のことを言われて——でも、もうすぐこっちに来るという。

（あの保険屋の人——なんかサングラス掛けてたわよね。あと背の高い人——ああもう、遠くから見ただけだからよくわかんないわ）

ベンチに座っていた彼女は、前に立つ双季を見上げた。

「ねえ、どういうことなんだろ？　双季さん、あの人たち、なにを勘違いしてんのかしら？」

そう話しかけたが、しかし双季はこれにすぐには応えず、相変わらずの穏やかな微笑みを浮かべて、

「有香さん——どうやら、ここまでかも知れませんね」

と、奇妙なことを言った。

「え……」

空では、大きく陽が西に傾いていた。その横殴りのやや赤みがかった陽射しが街全体の影を、斜めに引き延ばしている。双季の顔の半分も黒く塗りつぶされていた。

「あなたの強い気持ちのおかげで、ここまで来られましたが——この先は、もう……」

「ち、ちょっと——」

有香は立ち上がろうとした。だがその動作の途中で、横からいきなり腕を掴まれた。

はっと振り向くと、そこにいたのは全然見たこともない、ふつうのサラリーマンだった。

しかしそいつは、いきなりこう言ったのだった。

「見つけましたよ——西秋有香さんですね？」

名前を呼ばれたので、有香はぎょっとしてしまって——手にしていた笑い人形を取り落としてしまった。

人形は、路面で跳ねて、そしてベンチの後ろの柵を越えて——その向こう側に落ちていってしまった。

川の流れの中に、ぼちゃん——と落ちた。

そしてそのまま、流されていく——どんどん遠く

に行ってしまう。

「あっ！」

有香は悲鳴を上げてしまった。そしてとっさに、双季の方を向く……その顔が強張った。

夕陽の逆光の中で、双季の姿が薄れていくのが見えた。それはなんだか、薄い影が光に掻き消されていくようだった。

「そ……」

彼女が呼びかけようとした、その耳元で囁くような声が聞こえた。それは他の世界からは切り離されて、妙にはっきりとした声で聞こえた。まるで――彼女の中から聞こえてくるような声だった。

〝私は、どうやら目的を果たしてしまったようです――海に行こうとしていた、その目的を。あなたには、きちんとしたお礼ができなかったことを、お詫びします――すみませんでした〟

それは言葉でもなかった。一瞬で、そのすべてが伝わったからだった。


そして双季蓮生の姿は、伊佐と千条、そして東澱の追っ手たちの前で忽然《こつぜん》といなくなったときと同じように、今度は有香の目の前で――消え失せた。

（え――え……？）

啞然としている彼女を、その腕を摑んでいるサラリーマンが強い力で、ぐいっ、と引っぱりあげた。

「さあ有香さん、帰りましょう。お父さんが捜しているそうですよ。家出なんかしてはいけません」

変なことを言いながら、彼女を連れていこうとする。この前の乱暴な外人たちとは違って、なんだか妙に馴れ馴れしい。そしてこいつには、あの消えてしまった双季の姿などは、最初から見えていなかったようなのだった。

「な、な――」

何がなんだかわからず、混乱する有香はとにかく、そのサラリーマン風の男を突き飛ばした。

「は、離してよ！」

男は、さほど力を込めてまで彼女を摑まえてはいなかったので、簡単に拘束《こうそく》はほどけた。有香は走って、その場から逃げ出した。

男は追いかけてきたようだったが、有香の方が足が速く、すぐに引き離した。

道を曲がって、相手がいなくなったことを確認すると、有香は壁にもたれかかって息を整えようとした。

すると、近くに立っていたOL風の女性が自分の方を見ていることに気づいた。なんだか妙に、じろじろと見つめてくる。

そして近寄ってきた。

「あの、あなた――西秋有香さん？」

また、いきなり名前を呼ばれた。有香は、ひっ、と悲鳴を上げてまた逃げ出した。

（な、なんなの――どういうことなの？）

彼女が走っていると、その彼女を見て、通行人の一人が、

「あっ、あの娘じゃないか？」

と叫んで指差してきた。

その声を聞いた、周囲の者たちも一斉《いっせい》に彼女の方を振り向いて、そして追いかけてきた。

「…………！」

有香は声にならない絶叫を上げながら、必死で走って逃げる。

「な、な……なな、なんで……どうして……」

どうして、彼女がまったく知らないこの街の人間たちが、彼女のことを知っているのだろう？

角を曲がれば、そこにいる人々がみんな彼女を見つめて、そして近づいてくる――彼女の名を呼びながら。

（どうして――どうなってるのよ……！）

頭がおかしくなりそうだった。いや、現実に自分は気がふれてしまったのではないか、と思った。そうとしか考えられないような、あまりにも異様な状況だった。

ふと自分が、子供のように泣きじゃくっているの

がわかった。しかしそれをみっともないとか思う余裕さえない。第一、彼女が気にするような他人の目は、今やその全部が自分を追いかけてくるものなのだ。

　見知らぬ街を、見知らぬ人たちに追い立てられながら、有香は駆け抜けていくしかない。

　空では、どんどん太陽が傾いていく。柔らかな陽射しが世界から少なくなっていく。代わりに人工の冷たい光が彼女の頼りない影を路面に落とす。

　顔を上げたくなくて、下を向いて走っているので、目の前を行く影の方が自分よりも速く走っているような錯覚を覚える。

〝……閉じこめられた想いは――〟

　どこかから、かすかな歌声が聞こえてきた。透《す》き通った感じの女性のボーカルで、商店街の方で流しているBGMのようだった。

閉じこめられた想いは、くるくる廻る木の葉
小さくかすかな隙間風が、舞い上げて落とす
四方八方どっちを見ても、鎖と壁ばかりの檻

　どこかで聴いたことがあるような気もする。たぶん人気アーティストの曲で、テレビでも流れたりしていた歌だろう。その陽気な曲調の癖に歌詞はなんだか変にダークな歌詞で、そのアンバランスが気持ち悪かった。

うんざりするほど、見上げる空は狭苦しくて
迷ったあげく、自分から暗い方へ行った癖に
まだ信じてるのは、いつか握った手の優しさ
どこかに置き忘れた夢を、せめて風にのせて

　歌は、有香が曲がりくねった裏の通りを走っていく間、大きくなったり小さくなったりしていたが、

やがて遠くなっていって、やがて聞こえなくなった。

歌だけでなく、物音もほとんど聞こえない。逃げ続けていたら、どうも人がほとんど来ない街の空隙《くうげき》に入り込んでしまったようだった。道も薄汚れていて、空き缶やペットボトルがそこら中に転がっている。街灯もひとつもなく、建物と建物の間に落ちた影も濃い。その暗がりの中に有香は身をひそめて、やっと立ち停まった。

「……はあっ、はあっ……」

汚れた壁にもたれかかって、そのままずるずると座り込んでしまう。

なんで自分が、こんなところにいるのか、まったく理解できなかった。

何が起こったのか、何が起こっているのか、何が──終わってしまったのか。

「……誰か」

有香は、ぶつぶつと呟いていた。

「誰か、これがなんなのか教えてよ……どういうことなのよ。なんでこんなことになったのよ……私が悪いなら、悪いってはっきり言ってよ……もう、全然わかんない……」

うなだれた彼女は、だからそのことに気がつかなかった。いきなり、それは彼女の耳元で囁いたのだった。

「君が悪いのかどうか、それを決めるのは君の心の問題で、他の誰にもできない──誰かに悪いと言われても」

「──!?」

有香はびくっ、と顔を上げた。

彼女のすぐ横に、いつのまに現れたのか、一人の男が立っていた。

妙に印象的な、まるで金属のような銀髪を持った男が、有香のことを覗き込むようにして、座っている彼女に向けて身体を屈《かが》めていた。

前にも、会ったことがある──あの列車から逃げるときにも……そいつは彼女の前に立っていたのだった。

「あ、ああ……あなたは……？」

有香は呆然として、逃げることも思いつかなかった。そして銀色の男の方も、彼女のことを捕まえようとはしなかった。

ただ、話しかけてくる――。

「君が、自分が悪いと認識しなければ、そこにはなんの未来もないんだ。積み上げられるものはなく、ただ流れていくだけ――君は今、自分が悪いことをしたと思っているのか？」

その声は穏やかだが、さほど優しげでもなく、その響きには暖かさも冷たさもなかった。

ただ、言葉だけが宙に浮いているようだった。

「……だ、誰なんですか、あなたは――」

この問いかけに、銀色の男はかすかにうなずいて、

「双季蓮生は、私のことを飴屋と呼んでいた。檻の中で、貴重な甘いモノをもたらしてくれる魔法の店の人のようだ、と」

と答えた。

「あ、アメヤ――さん……？」

有香は思い出していた……双季蓮生が、塀の中でもっとも印象深かった人物はと訊かれて、答えたその名前を。

その飴屋は、視線を有香から外して、彼方に――海の方へと向けて、

「ところで、君はまだ――双季蓮生を助けたいと思っているのか？」

と言った。

そのとき、有香のポケットの中で携帯電話が着信を告げた。だが有香はそれに出ようとすることもできずに、ただ銀色の男を見つめるばかりであった。

CUT/7.
Tokio Higasiori

どこかに置き忘れた夢を、せめて風にのせて

——みなもと雫〈ネバー・リメンバー〉

1

「電話に出ないな――隠れるつもりか」

伊佐は有香に掛けていた電話を、あきらめて切った。しかし彼女の現在位置は、携帯電話が応答こそしなかったが、受信はしていたので、GPSで追跡できる。街の中にいる。

「西秋有香を確保することに、どうしてそこまで固《こ》執《しっ》するんだい?」

車を運転しながら、千条が訊いてきた。

伊佐は少し考えて、それからゆっくりと口を開いた。

「――生命と同じだけの価値があるもの、それがキャビネッセンスで、そしてそれをペイパーカットに盗まれると、人は死んでしまう……それが我々の知っている事実だ」

「そうだね、それはわかっている。その因果関係や理論は不明だけど、現象としては何度も確認されている」

千条はハンドルを右に左にさばいて他の車をどんどん追い抜きながらも、伊佐の話を一言も漏らさずに聞いている。

「しかし双季蓮生は、そもそも自分の生命など、ほとんどどうでもいいと思っていた人間だったようだ――家族を失って、生き甲《が》斐《い》をすっかりなくして、抜け殻《がら》のようになっていたのかも知れない。だから東澱光成殺害の罪を着せられても、そのまま受け入れた――自分の意志など、ほとんどなかったんだ」

「ふむ、そういう見解もあるね。正しいんじゃないのかな。それで?」

「そういう空っぽの人間のキャビネッセンスとは、いったいどんなものなんだろう――俺はそう思ったんだ」

「何物にも固執しなくなり、すべてに絶望しているのに、それでも生命よりも大切だと思う物があるか考えにくい話だね。ましてや刑務所の中では、満足な所有物などないしね。あらゆる物が規制されるのだから」

「そうだ。そういう人間にも、まだキャビネッセンスがあるのだとしたら、それは――他の人間よりも遥かに重いものなのではないか――そう思いついたとき、すべてが見える気がした。キャビネッセンスが人の生命と同じだけの価値があるというのなら、逆もまたしかり――」

伊佐はここで少し口ごもった。自分でも自分が考えていることを、うまく整理できないようだった。

だがそれでも、

「君は、ずいぶんと複雑なことを説明しようとしているようだけど、しかし自信はありそうだね？　もう確信しているようだ。だが僕には、君が何に辿《たど》り着いたのか、その入り口の見当もつかないよ。この前の釘斗博士の意見ともずれているようだし、君はどこからその直感を得たのかな？」

千条がそう質問するぐらいに、伊佐の言葉には一本の芯《しん》が通っている響きがあった。

「――俺と、おまえたちの違いはなんだろうと思った。俺は、この事件にはなんだかずっと変な感じがしていたのに、おまえたちにそれがないのはなんだろう、と――答えは簡単だった。俺にあっておまえたちにないもの、それはペイパーカットに対する恐怖感だ。俺は、ヤツが怖い――だからそのにおいに敏感で、いつもびくびくしている。今回の件は、明らかにそのにおいがするのに、しかしヤツ自身の影は全然見えない――これはなんだろう、と思った。今回の件で、ヤツがはっきりと痕跡を残しているのは刑務所の中で、双季蓮生と会ったということだけだった。だったら――答えはそこにしかない。ヤツの目的は常に、キャビネッセンスの略奪による人間の殺傷なのだから、犯行はそこで行われたに違いないんだ。被害者は双季蓮生で、彼は、おそらくは刑務所の、囚人の私物を保管している倉庫から〝なにか〟を盗まれて、そして殺されている――それしかない」

「しかし、その痕跡もないじゃないか。双季蓮生は、刑務所から脱獄して、僕らと会ったりもしているんだし」

もっともな反論を千条はしたが、しかし伊佐はまったく動じずに、

「俺たちは、ほんとうに双季と会っていたのか？」

と、奇妙なことを言い出した。

「――なんのことだい？　現に――いや、そうか。僕らは、誰一人として双季蓮生に触れてもいない訳か」

「掴もうとしてもすり抜けた。確かにそこにいるように見えたのに――これはなんだかペイパーカットのあの現象に似ている。見る者によって姿が全然違うように見える、という――この場合は〝見えているのにそこにいない〟という現象だ。双季はペイパーカットの領域に入ってしまっている――その理由は」

「彼がもう生きてはいないから――というのかい？　幽霊とか、それに類するものだから――しかし、それもなんだか変な話だよ。僕らと会話できたり、金をせびったり、ずいぶんとはっきりした幽霊じゃないか。第一、彼には別に〝恨めしい〟こともあまりなさそうだし、さっさと成仏《じょうぶつ》してもよさそうなものだ」

千条は、実に気軽な口調で、普通の人間なら怖がりそうなことを真顔で述べた。彼自身が〝成仏〟などという言葉の重みも意味も理解しているはずがない。これは単に、一般的に人間が使う慣用句としてしか認識していないのだ。

「それに時間がかなり経っている。双季が脱獄したとされているときから、もう半年だ。その間はどうなっていたというんだい」

「だから、その仮定が全部、ずれていたんだ――双季蓮生を基準に考えていたから、話がぐちゃぐちゃ

になっていたが、この件は、そもそもの発端はそこにはないんだ。ペイパーカットの犯行は、あくまでも前提条件の一つにすぎない——これは、ペイパーカットの追跡という俺たち本来の仕事から見たら、いわば〝その後の出来事〟なんだ。俺たちは間に合わなかった。それで、その足跡を眺めている——そういう状態なんだ」

伊佐はここで顔をしかめて、頭を少し振った。

「今、ヤツがこの近くにいるとしたら、それはいわば〝事後観察〟にすぎないだろう。実験はとっくの昔に終わっていて、後からその痕《あと》を見返しているだけだ」

「————」

千条は、ここで少し奇妙な無表情になった。身体が一瞬強張り、ハンドルを持つ手も動かなくなる——そして、

「……ちっ」

というかすかな、忌々《いまいま》しげな響きのある舌打ちがその唇から漏れた。

む、と伊佐が顔を上げて、

「どうした？」

と訊いたときには、千条はもうふつうに戻っていて、

「いや、別になんでもないよ。それよりも、まだ君の説明は終わっていないだろう」

と促《うなが》した。車の運転も平常になっている。伊佐はうなずいて、

「今回の鍵は、全部が西秋有香という少女に掛かっていたんだ。彼女が、何かを拾った……そしてそれは、双季蓮生という男の人生と同じだけの価値があるものだった——ペイパーカットが盗んだ後で捨ててしまったものを、彼女はもう一度拾い上げたんだ。そのときに、なにかが起こった」

「なにかって、なんだい？」

「なにかだ——名前は付けようがない。俺たちのまだ知らないことだ。奇蹟《きせき》とかいったような曖昧な言

葉でしか説明できないようなことだ」

＊

「……あ、あなた――」

有香は、目の前に立っている銀色の男を見つめ返しながら、ふいに悟った。

「あなた―― 〝ほんもの〟なのね……あたしたちが、フリをして保険屋さんを騙そうとしていた、その、ほんもの……」

ペイパーカット。

確かそれは、そういう名前で呼ばれていたはずだった。

「あたしを――殺しに来たの……？」

有香が震える声でそう訊くと、飴屋はゆっくりと首を左右に振った。

「私は、別に君という存在には興味はない――これから君がやるかも知れないことには、多少の関心はあるが。君はまだ、双季蓮生に友情を感じているのかい？」

「え――」

有香は、その穏やかな口調から、この男はなんでも知っているということを理解した。そう、なんでも――この異常な状況も、そして消えてしまった双季蓮生についても――すべてを知っているのだ、と。

「ど、どういうことです……か。あたしは――」

「君は、双季蓮生の友だちだ。そうじゃないのか。君たちの関係は、そうとしか呼びようがない」

「と、友だち……」

有香は、自分と双季はいったいどんな関係だったのか、それを思いだそうとしてみた。親子のような？　恋人のような？　先生と生徒のような？

……そのどれもが、確かにぴんと来なかった。

同じ方向を見ていた、友だち――それ以上でもそれ以下でもなかった。立場の違いも年齢の差も、そこには関係がなかった。彼が悲しいことを言えば悲しかったし、彼も彼女の笑い話に微笑んでくれた——それだけで充分だった。

「あたしは——双季さんの……」

有香は、身体全体に満ちていた不安と恐怖が、嘘のように溶けていくのを感じていた。

そして顔を上げて、飴屋のことを正面から見つめた。

「今——言っていましたね、双季さんを助けたいのか、って——彼は助けを求めているんですか？」

「そうだ」

「どういうことなんです？」

「どういうことなのか、君はもう、それを知っている——つながりが見えているはずだ。君と、双季と——それをつないでいたものがなんだったのか」

「…………」

この、およそ意味不明としか思えない言葉に、しかし有香はうなずいていた。

「それじゃあ——あの人形くんが、双季さんだったんですね——あれが、あの人の〝生命と同じだけの価値のあるもの〟だったんですね——」

この問いに飴屋は答えなかった。そこまで告げる必要はない、というような超然とした態度だった。

その代わりに、彼は静かな口調で、

「君には、今——二つの道がある」

と言った。有香がはっ、と身を引き締めるのを見て、彼はうなずいた。

「そう、その選択は、君の未来を大きく決定することになるだろう。そしてそれを選んでいる時間は、ほとんど残されてはいない」

2

「つまり伊佐、君の言っていることはつまるところ、こういうことかい——」

車を運転して、海に続く街に急行している千条が整理するように言った。

「キャビネッセンスを奪われた人間は生命を奪われるが——双季蓮生の場合は、そこで彼の怨霊《おんりょう》もまた〝くっついて〟行ってしまったのだ、と。それがキャビネッセンスを拾った少女に取り憑《つ》いたのだ、と」

「……乱暴すぎるまとめ方だが、そんな感じだろうな。もっとも取り憑いたんじゃなくて、少女の方に、双季となにか共鳴するものがあったんじゃないかと思うが——」

ここで伊佐は、双季蓮生の動機などは〝贖罪〟ぐらいしかないと言った釘斗博士の言葉を思い出していた。それはきっとそうなのだろう。自分が犯してしまった過《あやま》ちを償いたいという気持ち——それが、西秋有香という少女の、何と反応したのだろうか。彼女もまた、なにか過ちを犯しているのか、犯しそうな自分を恐れているのか——

「……これはなんとも言えない。彼女に会ってみなければ——」

「しかし、君は気づいているのかな？」

「何を？」

「君が今、言っていたようなこと——それはこの世の誰もまだ証明できていないことを先んじて見抜いたに等しいということを、さ。君の説明したことを数式化できれば、これは現時点での物理学が基礎から全部ひっくり返るだろうね。釘斗博士やサーカムの研究者たちがやろうとしているのはそういうことだけど、君は直感でそこに辿り着いたわけだ。後は理論化するだけだ。でもそれが至難の業《わざ》なんだろうね」

「…………」

伊佐は顔をしかめた。千条は時々、こういう風に変に誉《ほ》めるようなことを言うが、言われて嬉しかったためしがない。今も不快感を煽《あお》られただけだった。

「しかし、君の推理によると、今の時点でも双季蓮生は、まだ――」

と千条が言いかけたところで、伊佐は、はっ、と気がついて、

「そうだ――東澱にすぐ連絡を入れておかないと、余計なことをされたらややこしくなる。もう遅いかも知れないが――」

伊佐は携帯電話を取り出して、サーカムが用意している特別回線につながっている番号に掛けた。

「奈緒瀬嬢になにか警告でもするのかい？」

この質問に伊佐は首を横に振った。

「違う――長男の方だ。引っ込んでる時雄ってヤツに、教えてやらなくては……」

伊佐が言っている間に、回線がつながった。伊佐は知らなかったが、サーカムのシステムが割り出したその番号――隠れている東澱時雄がいる場所の回線に直結したのだ。

「――こちらはサーカムの者だ。東澱時雄に至急、教えておきたいことがある。――いいや。別に強制する訳じゃない。だが双季蓮生が今、どうなっているのかは知っておきたいんじゃないかと思ってな――あんたたちのやっていたことが、全部ただの徒労だったってことを、な」

＊

「……ええい、まだ報告はないの……？」

ホテルの一室で、漆原沙貴は苛立ちの絶頂にあった。

彼女は、やむを得ない手段としてこの近隣の、多少なりとも東澱の息が掛かった企業すべてに、西秋有香のモンタージュ写真を配っていた。自分の手駒が使えないので、その代わりに一般人たちに捜させようというのだった。双季蓮生の方は、どうやら捜しても無駄なようなので、一緒にいたという少女の方に狙いを絞ったのである。もちろん真相などは誰にも言わず、ただ〝とある名家のお嬢様が家出した

ので、それを捜すように社員全員に命じろ〃と圧力を掛けただけである。嘘に嘘を重ねているのに、かなり大掛かりになってしまった――これは典型的な、策謀が失敗していくパターンにそのまま塡《はま》ってしまっていた。それがわかっているから、ますます沙貴は苛立っている。

「ええい――何している……たかが小娘一人見つけるのに……」

さっき、駅前で見つけたという報告が入ったので、これはすぐに確保できるかと思ったら、それから全然連絡が来ない。

「……くそっ！」

座っていられなくなって、立ち上がって、その腰掛けていたソファーを蹴飛ばした。重いソファーは、ごとん、と一瞬持ち上がったが、転がらずにそのまま落ちた。

足の方が痛かったが、しかし沙貴は座り直したりはせずに、そのまま足を引きずりながら室内をうろうろと歩き回った。

そうしていると、とうとうホテル備え付けの電話が鳴った。沙貴は飛びつくように受話器を取って、

「――見つけたか!?」

と怒鳴るように訊いた。すると受話器の向こうで、かすかに、すう、と息を吸う音が聞こえてきて、続いて、

〝――ご苦労だった、漆原君〃

という若い男の声が聞こえてきた。

その大して迫力のない声を耳にしたとたんに、沙貴の身体はびいん、と直立不動に伸びた。

「――と、時雄様……」

その電話から聞こえてくる声は、彼女の上司であり、雇い主であり、そしてほとんど〝主君〃である男のそれだった。

〝ええと――それで、君は今は何をしているんだね。どういう手を打っている？〃

「は、はい。それは――」

沙貴は口の中をからからにしながらも、なんとか状況を説明した。

「――という状態です。独断がすぎたでしょうか？で、ですが――その、妹様が」

言い訳のように言い募《つの》ろうとしたときに、時雄の、

〝ああ――まあ、それはいい。奈緒瀬が張り切っているのは知っている。しかしあいつは、ペイパーカットとかいう者の方にしか興味がないから、そっちを与えてやればそのまま引き下がったかも知れなかったな――少し、ムキになりすぎたかな、君は〟

「……も、申し訳ありません……」

〝いや、それはもういいんだ。この件はもう、私としてはほとんど関係のないことになったようだからね。君の取った処置の善し悪《よしあ》しというのも、判断する必要がなくなった〟

その言葉はごくふつうの調子で言われたので、沙貴には一瞬、何を言われたのか理解できなかった。


「……は？」

〝君が声を掛けた企業や何やらには、そのままその少女を捜させて、見つかっても見つからなくても、いずれ私の方からなにか協力に感謝すると言って支援をさせてもらうとしよう。ちょうどその辺の土地に、もう少し確かな基盤が欲しかったところでもあるし、より深く入り込むのにちょうどいい口実だ。……それで、君の方はすぐに、例の刑務所の方に行ってくれ。そこのことは、もう気にしなくていい――奈緒瀬が仕切りたがっているなら、あいつに任せてしまおう〟

淡々とした口調で、きわめて決定的なことをさらりと言ってしまう。この男はいつもそうなのだ。どんなに重要なことでも、決して深刻ぶって言うことはない。すべてが均等であるかのようにしか、話さない。

「――ど、どういう――ことでしょうか？　け、刑務所って――それはあの、双季蓮生が脱走した、あ

の刑務所ですか?」

　このもっともな問いに、しかし時雄は、

〝その辺の細かい判断は君の方でしてくれ。私はあまり煩雑《はんざつ》なことに関わりたくないんだ。ただサーカムの者に、刑務所、と言われたのでね。きっと君なら知っているだろうと思って、それ以上は訊かなかったよ。そして今も、別に知る気はない。君が対処してくれればそれでいいんだ〟

　と、実に気軽な口調で、無責任そのもののことを平気で言った。

「――け、刑務所に行って、それで、何をすればよろしいのでしょうか?」

〝何かあるだろうから、確認してくれ〟

「なにか、とは――い、いや、わかりました」

　あまりにも漠然とした命令に、つい沙貴は質問しそうになって、慌ててそれを取り消した。時雄がこういう口調の時は、何を言ってもどうせ適当なことしか言われないのだ。事態がはっきりするまでは、決して明言しない。それが彼女の支配者のやり方なのだ。

〝頼んだよ。君ならきっと成果を上げられるだろう〟

「は、はい……」

　大した誠意もない励ましのような言葉を受けて、沙貴はひたすら重圧を感じていた。叱りとばされた方がまだマシだった。成果を上げなければ、彼女にはどんな処分が下されることになるのか、考えたくもないことであった。彼女自身も、時雄のはっきりしない命令の下で何人もの人々を社会的に抹殺《まっさつ》してきたのだから。

　話はそこで終わりであり、沙貴は時雄が電話を切るのを待った。だがそこで、時雄は取って付けたように、

〝ああ、そうそう――君はサーカムの、伊佐俊一という男には会ったのかな〟

　と訊いてきた。あまりにも意外な質問であった。

「え、ええ――はい、会いましたが」

〝どう思った？〟

「ど、どう――と言われましても……やや堅物《かたぶつ》のような感じがしましたが」

〝ふうむ……いや、電話で少し話しただけなんだが、なにかこう、その声を聞いて引っかかるものを感じたんでね〟

話しただけ――これについては、時雄の実弟である壬敦が、こんなことを他人に言っている――兄貴は、人の話を聞くことに掛けては天才的だ、と。

「…………」

沙貴は、時雄が何を感じたのかまったく説明してくれないので、言葉に詰まるしかなかった。

〝……まあ、今のところは敵に回さないでおく、という程度でいいだろう。君はかまわずにいてくれ〟

「は、はい――わかりました」

そして電話は切れた。沙貴は、全身にびっしょりと冷汗をかいているのを感じたが、シャワーを浴びている暇などなさそうだった。急がねばならないだろう。だが――

（しかし――双季蓮生が脱獄した刑務所なんかに、いったい何があるというのか――今さら？）

3

「――ふたつの、道……」

有香は、飴屋に言われた言葉を繰り返していた。

「そうだ」

飴屋は、裏通りの路上にへたりこんでいる有香を上から見おろすようにして、うなずいた。

その銀色の髪に、夕焼け空の赤い光がきらめき、その血のような色が有香の眼に突き刺さってくる。

「あたしは……その」

有香は、なんと言っていいのかわからなかったが、それでも弁解するように、

「あたしは、ずっと自分はただの、ふつうのつまら

ない女の子だって思っていて……その」

「ふつうというのは、なんのことだろうね」

飴屋は、どこか突き放すような言い方をした。

「君はそれを、はっきりと知っているのかな。私には区別がつかない、人間がこういうものだと決めつけている基準が何から成り立っているのか――私には、それを知っている者など誰もいないとしか思えないけど、ね。それでもそのことばかりを気にしているのが、人間ではあるようだね」

「……でも、あたしは……そう、あたしには双季さんのことが見えた――それって、もしかして……あたしは、あなたに似ているって――そういうことなの？」

有香は震える声で銀色の男を見上げたが、しかし彼はこれにには首を横に振った。

「君は、君だ――誰にも似ていない。そしてそのことを受け入れられるかどうか、君の未来はそこに掛かっている」

「……あたしは、あたしだけ……？」

有香は呆然として、自分の指先を見つめた。それは細かく震えていた。

「君がふつうではないのなら、君の生き方を、他の誰も教えてくれない。君は自分で、自分の未来を見つけださない限り、君は〝自分〟にもなれない――誰にも頼れない」

飴屋は静かにそう言ったが、有香はほとんど聞いていなかった。彼女は譫言《うわごと》のように、

「そして、双季さんを助けられるのも、あたしだけ……でも」

と呟いて、そして顔を上げた。

「でも、どうすればいいの？　みんながあたしを捜して、追いかけてきているのに――」

この問いに、飴屋はわずかに微笑んで、

「人は、己《おのれ》が見たいものを他人に映している――」

と囁くように言った。それに有香は、びくっ、と身を強張らせた。

「……あなたを見るように?」

「私でも、君でも、誰でも同じことだ。見たくないものは見ないし、見えない——」

飴屋はそう言って、そして屈めていた身体を起こした。夕焼けを浴びていた顔が影に隠れて、ほとんど判別がつかなくなる。

「君はどうする? 見えないものを恐れない道を行くか、それとも〝ふつう〟に戻るか——それは難しいことじゃない。君が、その辺にいる人にすがって、頼って、助けを求めれば、それですむことだ」

この飴屋の言葉に、有香はきっぱりと、

「でも——でもそれだと、双季さんは助けられないんでしょう?」

そう言った。

すると飴屋は、かすかにうなずいて、

「それなら少し急いだ方がいい——陽が沈んだら、難しくなるだろう」

と言った。


はっ、と有香は後ろを、陽光が差し込んでくる方角に目をやった。確かに太陽は今にも沈みそうだった。

そして顔を戻したときには、飴屋の姿はどこにもなかった。

「…………」

有香は、ふたたび自分の指先に目を落とした。

それはもう、震えてはいなかった。

＊

……そのときのことは、後で多くの証言が集まったので、知ることは難しくなかった。

道を、一人の少女が歩いていた……まっすぐに前を見て、ためらいのない様子で——その顔つきは、渡された家出少女の写真に似ていないこともなかったが、

「いや——でも、あんまり堂々としていたから。て

いうか、そんな風にはとにかく見えなかったんですよ。うーん、やっぱり違っていたんじゃないかなあ」

とある者は言い、ある者は、

「ああ、あれは違いますよ。顔が似ていたっていうけど、あのぐらいの若い娘はみんな同じような顔でしょ？　顔立ちとかじゃない、もっと雰囲気みたいなものが全然、家出少女とかいう感じじゃなかったもの。あれはきっとこの辺の人だったと思うよ。馴染んでたもの」

とも言った。大勢の人間が、その光景を目撃していたのだ。

「そうですね、ふつうに歩いていたんですよ。ええ、川沿いの道です。彼女は川の方を見ていたようでした。それで、排水が流れ込んできているところに来たときに、川を覆《おお》っている柵を乗り越えたんですね。誰かが危ないよ、って注意したんですが、彼女はなんか、すぐ済みますから、みたいなことを言って、川の水面にまで下りていって、そこで排水溝のゴミをひっかける鉄網に手を伸ばして、何かを拾ったんですよ。ええ、川の方にも少し出っ張っているあの網です。上流から流されてきた物を拾ったみたいでした」

「うん、迷いはなかったよね。とにかく、すぐに行って、さっ、と拾ったんだ。なんだか側に誰かいて、そこにありますよ、って教えてもらっているみたいな感じもしたね。水の中に手を突っ込んでぱしゃぱしゃ、みたいなことはせずに、すっ、さっ、ってなもんでね」

「何を拾ったのかは見えなかったけど――なんだか半分以上沈みかけてたみたいよ。この辺て川底が汚いからさ、沈んじゃってたらヘドロに埋もれて、そのまま腐っちゃったでしょうね。まあ、そんなに高い物でもなさそうな、薄汚れたものだったけど――はっきり見たわけじゃないけどね」

「それで、その娘はすぐに川から戻って、また道を歩きだしたんだ。拾った物を胸に大事そうに抱えてね。服が汚れるのに、と思ったけど、彼女はそんなことは全然気にしないようだったなあ——え？　いや、だからそのときも、ふつうに堂々としてたよ。別にまわりをきょろきょろ見回したりとかはしてなかった。——写真をよく見ろ、って？　——うーん、やっぱり違うような気がするよ。別人だよ。俺の目にはそうとしか見えなかったね、とにかく、彼女の邪魔をしちゃいけないんじゃないか、って——催眠術？　あんた変なことを言うね、俺は彼女を遠くから見ていただけなんだぜ？　そんな術があるもんか」

彼女は、そうやって誰はばかることもなく、見られながらも気づかれることもなく、目的を達成して、そして——その足で海へと向かって行った。

4

「——ここだ。この辺で、双季蓮生は海を見ていたという話だった……」

麦田刑事は、東澱奈緒瀬と、その部下たちと共に海辺の、港から少し離れた臨海公園に来ていた。

「そして、あんたの親父さんの使いに呼ばれて行ったんだ。ここに何しに来ていたのか、それを聞いてもはっきりしたことは言わなかったが——しかし想像はつく」

「この海の先に、彼の家族がいた国がありますね——方角は合っている」

奈緒瀬が呟くと、麦田もうなずく。

「まあ、そういうことなんだろうな。そっちを見ていると落ち着く、とも言っていたしな」

彼らは、時雄の部下の差し金で、街中で少女の探索がされているということを知って、一足先にこっちに来たのである。今から街を探し回っても無駄だから、彼らが追っている者が逃げ延びて、目的地に着くところを狙うことにしたのであった。

「彼は——帰りたかったのかしら？」

奈緒瀬の言葉に、彼女の横に立っている部下の一人が、

「しかし彼のいた土地はもう政変で見る影もないといいますよ。彼が逮捕された当時もそうだったでしょう」

と言った。

「帰る場所など、もうこの世のどこにもない——ヤツもそれを知っていたんじゃないですか」

しみじみとした口調である。これに奈緒瀬が、

「ずいぶんと共感してるみたいだけど、舘川《たてかわ》——あなたの帰る場所は、別になくなってはいないわよ。わたくしが創ってあげるって言ったでしょう？」

と言うと、部下は苦笑した。このやりとりに麦田は、む、と少し眉をひそめて、

「なんだあんた、エリートじゃないのか」

と訊くと、相手は笑った。

「俺はムショ上がりだよ——警察のあんたとは、ちょっと敵対してたような立場だった」

「へえ、意外だな。お嬢様の側近なのに」

「俺たちはみんなそうさ——はみ出し者ばかりだ。だから拾ってくださったお嬢様には恩がある」

「人前ではお嬢様って言わないで。何度も注意しているでしょう？」

奈緒瀬がきつい声を出した。言われて部下たちは首をすくめて、

「すみません、代表」

と、とぼけたように謝った。

「よろしい」

奈緒瀬もうなずく。麦田はおかしくなって、少し笑った。

「なかなかいい感じじゃないか——うらやましいことだ。俺なんぞ上から睨まれっぱなしで、そろそろ

ちまってるしな」

免職《くび》にされそうな感じなのに。今回も、色々とやっ

「あら――」

奈緒瀬が麦田に視線を向けて、そして言った。

「だったら、ウチに来ない？　あなただったら、顧問待遇で迎えてさしあげるわよ」

「はは、そうかい」

「これは本気よ」

奈緒瀬の真面目な口調に、思わず麦田は彼女を見つめ返してしまった。

「……おいおい、俺は昔のことで、東澱の家にはいい顔されていないいんだぞ」

「それだからこそ、雇う――と言ったらどうかしら？」

「……波風立てるのが目的なのか？　ずいぶんと度胸があるな」

「よく言われます、それ」

奈緒瀬が言うと、部下たちが一斉に笑った。彼らも奈緒瀬の言葉に否《いな》やはないようだった。ここで麦田は、やっと理解した。

（そうか……これが〝東澱〟なのか。そしておそらく東澱光成は、これだけの強さをとうとう持てなかったんだな――）

押し潰された被害者にして被疑者でもあった男の心境を、麦田は事件から十年以上も経ってから、とうとう把握することができたのだった。

そして――そのとき、彼の視界にひとつの人影が入った。

公園の波打ち際に接している場所に、一人の少女が入ってきて、そして――海に向かって何かをかざした。

その次の瞬間――彼女の横に突然、もうひとつの人影が立った。それは夕闇の空気から滲み出てきたような、そういう現れ方だった。

その人影を見て、麦田はあっ、と声を上げた。

それは、双季蓮生に間違いなかった。

「ありがとう、有香さん――まさかここまでやっていただけるとは」

有香の前に立っている双季は、微笑みながらそう言った。

「なに言ってんのよ、双季さん。あたしたち、友だちでしょ」

有香も微笑んで、うなずき返した。

人形を持った彼女が見ているから、そこに双季は立っている。

それは、いつだってそういう構造になっていたのだった。彼のキャビネッセンスを持った有香が見ていれば、そこには双季が立っている。その双季を見た者は、有香が近くにいて、彼女が〝双季はそこにいる〟と思っているときは、双季蓮生の存在を感じていたのだ。有香が双季を見失ったと思えば、そこから彼は消え、彼は逃げたかなと彼女が思えば、彼はいなくなる――その法則だけは確かで、しかしそれが如何《いか》なる原理に基づいて生じている現象なのかは、まだこの世の誰も知らないことだった。

その双季は、幻なのか、それともそのときだけは彼は実際にそこにいるのか――定かでないままに、彼は有香に話しかけた。

「私には確信がなかった――ずっとそうでした。自分は迷宮に入り込んで、行き先などどこにもないような気がしていました」

「そうね、それは、あたしも一緒だったわ。同じだった。だからあたしたち、友だちになったのかもね。でもね、双季さん――あたしはわかったの」

「何をですか？」

「あたしたちってきっと、みんながみんな、迷路にいるようなものなのよ。苦しくて、迷ってて、どこかに出口があるんじゃないかと思って、さまよっている――でも、そうじゃないんだわ」

有香は双季に言っているのか、自分自身に語りかけているのか、そんなことは全然意識していない。

「きっと大切なのは、どこかにある出口なんかじゃなくて、目指すものに行きたいという気持ちの方なんだわ。今は迷っているかも知れない。でも行こうとしていれば、いつか辿り着けるかも知れない——出口だと思っていたところが、実は次の迷路の入り口だったとしても、向かっていさえすれば、きっと——ね？」

有香は、手にしている人形を持ち上げた。

「行きたいんでしょう、双季さん？」

「ええ」

双季がうなずくと、有香は、

「さよならは言わないわよ——また、どこかで会うかも知れないしね！」

と人形を海の遠くの方に、思いっきり放り投げた。

人形は波に乗って、たちまち陸地から遠ざかっていく。

そのちっぽけな影を有香が見送る中、彼女の横に立っている双季の姿が、銀色の粒子になって、どんどん薄れていく。

「有香さん——どうか、お気をつけて」

それが双季の最後の言葉だった。有香はうなずいて、

「大丈夫、まかせといて——双季さんに、色々と教わったからね。他人を出し抜くワザとか、ね——」

とウィンクした。

その有香の後ろから、麦田と奈緒瀬が急いでその場に駆けつけてきたが、二人が到着する寸前に、双季蓮生の姿は潮風に吹き消されるようにして失せて、影も形もなくなっていた。

5

——日没よりも少し前の時刻に、その日の刑務作

業の就業時間は終了した。

刑務所全体にやや緊張した空気が流れて、囚人たちは工場からそれぞれの房へと、二列に並ばされて、刑務官の指示に合わせて足踏みしてから、移動を開始する。

（あー、ずいぶんと夕陽が差し込むようになったな）

受刑者のひとりで、みんなからはタニさんと呼ばれている男、谷山は廊下の窓から入ってくる赤い光を見ながらぼんやりとそう思った。

囚人たちは足並みそろえて移動するように決められており、これに背くと厳しい注意か、場合によっては懲罰の対象になる。だから立ち停まって窓の外を眺めるなどもってのほかなのだが、入ってくる陽光や、ちらりと窓の外に見える景色を一瞬だけ愛《め》でるというのは、これは自由だ。だから谷山も、窓の外を横目でちらり、とだけ眺めた。景色と言ってもそっちは運動場しかないが、塀の向こうに広がる夕焼け空がよく見える——と、彼がそっちに気を取られていると、急に刑務官の、

「こらあ！　よそ見するな！」

という叱責《しっせき》の声が響いた。谷山はびっくりしたが、叱られたのは彼ではなく、列の前の方の男だった。

だが、普段なら叱られた者はすぐに恐縮して縮《ちぢ》こまるのに、そのときは、そいつは窓の方から眼を逸らさなかった。なにかに釘付けになったように、運動場の一角に眼を向け続けている。

「あ、ああ……？」

変なうめき声を上げているそいつのところに刑務官が駆け寄って、さらに怒鳴りつけようとした——だがそいつが指差しているものを見て、刑務官たちも顔色を変えた。

「な、なんだありゃ——？」

「ま、まさか……！」

囚人たちも思わず、足を停めて彼らと同じ方向に

目を向けた。

そこには、不思議なものがあった。

運動場の隅の方に、何かが転がっていた。土にまみれて、ほとんど地面と同じ色になっていたが、それはどう見ても、人間が横たわった姿だった。

しかし——その土色をした顔には大きな穴が四つ空いていて、それらはかつては両眼であり、鼻であり、口であったところだとは信じられないような感じであった。首はほとんど棒きれにしか見えず、服の袖口から出ている手首は枯れ枝のようだった。

乾ききったそれは、どう見ても死後半年は経っている死体——ミイラなのだった。

「ば、馬鹿な……！」

刑務官が思わず声を上げたのは、彼が監視のためについさっきその辺を歩いたときには、そこに〝それ〟があるなどと、全然気づかなかったためだった。まったく見えなかったからであった。

たった今、それを覆っていた見えない魔法が解けて、本来の状態に戻ったかのようだった。

大騒ぎになり、囚人たちも恐怖の声を上げだした。だがその中で、ひとり谷山だけが、

「………」

と、妙に落ち着いた表情で、そのカラカラになっている遺体を見おろして、そしてそっと合掌《がっしょう》した。

彼には何故か、それがなんなのか、誰なのかわかっていた。

（ああ……そうか、そうだったんだな、ソーさん……あんたは、あんたの心だけが鳥になって、塀の外に飛んでいっていたんだな……）

夕焼け空は、今にも暮れていこうとしている。

＊

伊佐俊一と千条雅人を乗せた車は、西秋有香のいる臨海公園へと入っていった。GPSの現在地探知によれば、その公園の一角で彼女は立ち停まってい

た。

「動いていない内に捕まえよう」

「了解」

二人は車から降りて、その波打ち際の方へと駆けていった。

だが、そこには有香だけでなく、麦田刑事や奈緒瀬の部下たちもいたので、伊佐はやや意表を突かれた。

彼らはなんだか呆然と立っていて、有香を捕まえることも忘れているように見えたのだ。

「――おい」

伊佐が声を掛けると、全員がびくっ、として彼らの方を見た。すると奈緒瀬が、

「い、伊佐さん――今、たった今――その、双季蓮生が――」

と、震える声で言いながら、なにもない空間を指差した。

伊佐はため息をついた。少しだけ遅かったようだった。

「消えたのか？」

彼があっさりとそう言ったので、奈緒瀬は眼を丸くして、がくがくとうなずいた。伊佐は既に、そういう超自然現象めいたことに何度か遭遇しているから、相手の〝信じられないでしょうけど、でも〟といったような態度は面倒なだけである。

そして、呆然としている人々の中で、ひとりだけ平然としているのは、むろん本人――西秋有香だけだった。

「ああ――保険屋さん」

彼女は伊佐に向かって、かるく詫びるように頭を下げて、

「ごめんなさい――手放しちゃったわ」

と言った。約束では、彼女はなにひとつとして身から離してはいけないことになっていたが、それは果たされなかったのだ。

「だろうと思ったよ――双季には会えなかったな」

伊佐がそう言っている間にも、千条がひとり、ずかずかと足を進めて、有香の前に立った。

「あなたには、我々と来てもらいます」

遠慮も容赦もない声で、一方的にそう言った。

横の麦田と奈緒瀬がびっくりした顔になったが、有香の方はまったく動じる素振りも見せずに、

「これから、あたしのことを研究材料にするのかしら?」

と言った。これに千条も、

「そうです。伊佐と同じように」

と無表情に言い返した。

「あらあら——あなたもそうなんですか」

有香は微笑みながらそう言って、伊佐の方に視線をやった。

(…………!)

伊佐はその眼を見て、どきりとした。

なんだかその眼に見覚えがあったのだ。何もかも見通しているような、あるいはすべてがどうでもいいと悟りきっているような、その眼は——かつて彼が千条雅人の姉に感じたものと同じ色をしているように思えたのだった。

他人には見えないものが見える者たち——その気配が歴然と、そこにあるのだった。

「でも、あたしは何も知らないんですけど、それはいいんですか」

「それが本当なのかどうかも、これから確認しますから問題ないです」

千条は言いながらも、彼女の身体に少しでも逃亡の気配を感知したら即座に飛びかかって押さえつける体勢に入っている。

しかしその彼も、有香が次に言った言葉にはさすがに即応できなかった。彼女は無邪気な顔をして、

「じゃあ、教えてくれませんか——どうして双季さんは、あんなに色々な人たちに追いかけられていたんですか?」

と訊いたのである。

千条は、これが何かの偽装か、攪乱《かくらん》なのか、その計算にかなりの時間を要した。やがて彼は、

「……彼は、脱獄囚でしたから」

と、なんとも漠然とした返答しかできなかった。

この答えに有香は、ほ、と唇から息を漏らして、驚いた顔になった。

「そうだったんですか？　全然知らなかった……あー、まあ、どうやって刑務所から出たのかって、あたしもはっきり訊かなかったからな——」

そして彼女は、海の方にと視線を戻して、そして眼を細めた。

なにか物思いにふけっているようだが、彼女が何を考えているのか、後ろから見ている伊佐には想像もできなかった。

水平線の向こうはもう完全な夜になっていて、赤く暗い空の下は闇で、その中にはいくつかの星々が瞬《またた》いていた。

"Labyrinthine Linkage of Maze-Prison"
closed.

あとがき――夕陽が沈むまでは

なんとなく、自分ってたぶん道に迷ってんだろうなあ、と思っている。小説家を始めて本をそこそこ出してン年になるが、私はそんなことばかり言っては関係者の人に呆《あき》れられているのだが、しかしこれは本当にそう思っているのだから仕方がない。何より困るのは、別に書いている作品の質に不満で迷っているのでは全然なくて、作品はどれも自分ではとんでもない傑作にしか思えず、そのことには全然疑いの念を持たない癖《くせ》に、はたして他人様《ひとさま》がこれを読んで面白《おもしろ》いと思ってもらえるのかどうかということにはまるで自信が持てないという矛盾《むじゅん》に苦しめられているためである。俺はメチャクチャ面白いと思うんだけどなー、どー思われるんだろーなー、とか言っては、しょっちゅう原稿に詰まっている。これは困る。まあそうやって迷っている間に、もっと面白くなる見せ方を思いついたりするので、それも無駄にはならないのだが、でもそうやって自分の面白い、素晴らしい、グレイトだという確信ばかりが深まっていくと、ますます「しかしこれって他の人も凄《すご》いって思ってることなんかな――」という不安が膨《ふく》れ上がってきて、正直もう悩むというよりも、単に疲れる。へとへとになる。ぐったりする。出口のない迷路を歩いているような気分になる。そして思えば、別にそれは作家になってからの話でもなく、ずっとそんなことを考えていたなあ、という気もするのだった。

子供の頃に迷子になったという記憶はあんまりないのだが、しかしそんなはずはないので、これはそのことを忘れてしまっているのだろうなと思う。しかし根本のところでは、実は全然忘れていなくて、そのことを抑圧して、無意識の内に忘れたフリをしているのかも知れない。というのは小説で人が道に迷っているシーンなどを書くのがなんだか変にラクだからである。あー、これは知ってる、これは書ける、とスラスラいけてしまう。で、その迷いから脱却するシーンは、これが苦手《にがて》なのである。難しくてしょうがない。迷ってるだけだと話が進まないので、なんとか外に出さなければと思うのだが、作者では正直手に負えないので、そういうときはしょうがなく登場人物に全部任《まか》せてしまう。彼らは苦労して、さんざんな目に遭《あ》わされて、それでもなんとかしてくれるのだが、しかしその彼らを書いているはずの作家の方は「すげえなあ。どうしてこいつ、こんなところにまで辿《たど》り着けるんだろうな」と本気で感心している始末であって、まったく迷いから抜け出せてはいないのだった。

花輪和一《はなわかずいち》先生の作品『刑務所の中』では、不思議なことが描かれている。自由もなく、外にも出られない塀《へい》の中のことを〝とてつもなくすがすがしい〟と言っているのだ。そんな馬鹿なと思うし、これはまあ芸術家のひねくれた表現なんだろうなとも思うのだが、囚人には何もできないということが最初からはっきりしているのは確かで、それは我々の世界の中では常につきまとう〝あれもしなきゃ、これもしなきゃ〟という束縛《そくばく》と迷いからは解放はされている——かも知れない。わかりやすい明確な檻《おり》がない我々の方が、実は囚人以上にさまざまなことにがんじがらめにされているのだとしたら、なんだか色々と頑張るのが虚《むな》しくもなってくるが、虚しくなってもやらなきゃならないことの方は全然減ってくれないのだった。やらないで放り出せば、そのときは楽だが後になって〝どうしてああしなかったんだろう〟という後悔が襲いかかってきて、もっと苦しくなるだけだし——と既にしてたくさんの後悔を抱え込んでしまっている我が身を振り返って切実にそう思うのである。であるが、でもやっぱりメンドクセと言っては多くのことを放置してんだよな——いつかはそのツケが回ってくるんだろうとぼんやり思っているだけで、やっぱり閉じこめられている感じばかりが積み重なっていく。それが人生だ、とか割り切るには、しかしそのひとつひとつはどれもがフワフワと頼りない経験に過ぎず、どうにも踏ん切りがつかないのだった。うーむ。

いつだって現在というのは、これからやってくる未来の予兆である。今やっていることと、今やらなかったことというのはそのまま明日に直結している。どっちにしろ未来につながってしまうのだから、やらないと放り投げるのか、それとも逆に、せっかくつながってんだから、と未来のことを少しは考えてみるのか――その分かれ道もまた迷路の、たくさん通過しなければならない分岐点のひとつに過ぎないのかも知れないが、どうせ通らなければならない道なのだから、迷ったってかまうものかという気持ちでいた方が、そう――まだ〝すがすがしい〟のではなかろうか。少なくとも〝どうせやったって無駄だ〟という鬱屈《うっくつ》からは自由になれる。あきらめという牢獄からの脱走、というとなんだか胡散臭《うさんくさ》いが、まあそんな感じではないだろうか。終わりはいつかは来るのかも知れないが、まだ陽《ひ》は沈みきってはいない、とか。ちなみに刑務所の中では、特に何がつらいのかというと、釈放された人に対するアンケートだとダントツで〝人間関係の軋轢《あつれき》〟なんだそうである。我等いずれに有りとも何ら変わるところなしというところで、この文章も終わりである。以上。

(しかし迷いながら書くと、文章って無茶苦茶メンドクセーもんですね)
(迷うくらいなら、最初っから書くなっつーの……)

BGM "HOODOO" by MUSE

上遠野浩平　著作リスト（2006年10月現在）

1ブギーポップは笑わない　電撃文庫（メディアワークス　1998年2月）
2ブギーポップ・リターンズVSイマジネーター　PART1　電撃文庫（メディアワークス　1998年8月）
3ブギーポップ・リターンズVSイマジネーター　PART2　電撃文庫（メディアワークス　1998年8月）
4ブギーポップ・イン・ザ・ミラー「パンドラ」電撃文庫（メディアワークス　1998年12月）
5ブギーポップ・オーバードライブ　歪曲王　電撃文庫（メディアワークス　1999年2月）
6夜明けのブギーポップ　電撃文庫（メディアワークス　1999年5月）
7ブギーポップ・ミッシング　ペパーミントの魔術師　電撃文庫（メディアワークス　1999年8月）
8ブギーポップ・カウントダウン　エンブリオ浸蝕　電撃文庫（メディアワークス　1999年12月）
9ブギーポップ・ウィキッド　エンブリオ炎生　電撃文庫（メディアワークス　2000年2月）
10殺竜事件　講談社ノベルス（講談社　2000年6月）
11ぼくらは虚空に夜を視る　徳間デュアル文庫（徳間書店　2000年8月）
12冥王と獣のダンス　電撃文庫（メディアワークス　2000年8月）
13ブギーポップ・パラドックス　ハートレス・レッド　電撃文庫（メディアワークス　2001年2月）
14紫骸城事件　講談社ノベルス（講談社　2001年6月）
15わたしは虚夢を月に聴く　徳間デュアル文庫（徳間書店　2001年8月）
16ブギーポップ・アンバランス　ホーリィ&ゴースト　電撃文庫（メディアワークス　2001年9月）

17ビートのディシプリン　SIDE1　電撃文庫（メディアワークス　2002年3月）
18あなたは虚人と星に舞う　徳間デュアル文庫（徳間書店　2002年9月）
19海賊島事件　講談社ノベルス（講談社　2002年12月）
20ブギーポップ・スタッカート　ジンクス・ショップへようこそ　電撃文庫（メディアワークス　2003年3月）
21しずるさんと偏屈な死者たち　富士見ミステリー文庫（富士見書房　2003年6月）
22ビートのディシプリン　SIDE2　電撃文庫（メディアワークス　2003年8月）
23機械仕掛けの蛇奇使い　電撃文庫（メディアワークス　2004年4月）
24ソウルドロップの幽体研究　祥伝社ノン・ノベル（祥伝社　2004年8月）
25ビートのディシプリン　SIDE3　電撃文庫（メディアワークス　2004年9月）
26しずるさんと底無し密室たち　富士見ミステリー文庫（富士見書房　2004年12月）
27禁涙境事件　講談社ノベルス（講談社　2005年1月）
28ブギーポップ・バウンディング　ロスト・メビウス　電撃文庫（メディアワークス　2005年4月）
29ビートのディシプリン　SIDE4　電撃文庫（メディアワークス　2005年8月）
30メモリアノイズの流転現象　祥伝社ノン・ノベル（祥伝社　2005年10月）
31ブギーポップ・イントレランス　オルフェの方舟　電撃文庫（メディアワークス　2006年4月）
32メイズプリズンの迷宮回帰　祥伝社ノン・ノベル（祥伝社　2006年10月）

アーネスト・ヘミングウェイの引用は龍口直太郎訳（角川書店刊）に基づきました。

――作者

ノン・ノベル百字書評

キリトリ線

なぜ本書をお買いになりましたか（新聞、雑誌名を記入するか、あるいは○をつけてください）

□（　　　　　　　　　　）の広告を見て
□（　　　　　　　　　　）の書評を見て
□ 知人のすすめで　　□ タイトルに惹かれて
□ カバーがよかったから　　□ 内容が面白そうだから
□ 好きな作家だから　　□ 好きな分野の本だから

いつもどんな本を好んで読まれますか（あてはまるものに○をつけてください）

●**小説**　推理　伝奇　アクション　官能　冒険　ユーモア　時代・歴史
恋愛　ホラー　その他（具体的に　　　　　　）

●**小説以外**　エッセイ　手記　実用書　評伝　ビジネス書　歴史読物
ルポ　その他（具体的に　　　　　　）

その他この本についてご意見がありましたらお書きください

最近、印象に残った本をお書きください		ノン・ノベルで読みたい作家をお書きください	

1カ月に何冊本を読みますか	冊	1カ月に本代をいくら使いますか	円	よく読む雑誌は何ですか	

住所					
氏名		職業		年齢	
Eメール	※携帯には配信できません	祥伝社の新刊情報等のメール配信を希望する・しない			

あなたにお願い

この本をお読みになって、どんな感想をお持ちでしょうか。

この「百字書評」とアンケートを私までいただけたらありがたく存じます。個人名を識別できない形で統計処理したうえで、今後の企画の参考にさせていただくほか、作者に提供することがあります。

あなたの「百字書評」は新聞・雑誌などを通じて紹介させていただくことがあります。その場合はお礼として、特製図書カードを差しあげます。

前ページの原稿用紙（コピーしたものでも構いません）に書評をお書きのうえ、このページを切り取り、左記へお送りください。電子メールでもお受けいたします。

なお、メールの場合は書名を明記してください。

〒一〇一―八七〇一
東京都千代田区神田神保町三―六―五
九段尚学ビル　祥伝社
NON NOVEL編集長　辻　浩明
☎〇三（三二六五）二〇八〇
nonnovel@shodensha.co.jp

NON NOVEL

「ノン・ノベル」創刊にあたって

「ノン・ブック」が生まれてから二年一カ月、ここに姉妹シリーズ「ノン・ノベル」を世に問います。

「ノン・ブック」は既成の価値に〝否定《ノン》〟を発し、人間の明日をささえる新しい喜びを模索するノンフィクションのシリーズです。

「ノン・ノベル」もまた、小説《フィクション》を通して、新しい価値を探っていきたい。小説の〝おもしろさ〟とは、世の動きにつれてつねに変化し、新しく発見されてゆくものだと思います。

わが「ノン・ノベル」は、この新しい〝おもしろさ〟発見の営みに全力を傾けます。ぜひ、あなたのご感想、ご批判をお寄せください。

昭和四十八年一月十五日

NON・NOVEL編集部

NON・NOVEL —823

長編新伝奇小説　メイズプリズンの迷《めい》宮《きゅう》回《かい》帰《き》

平成18年11月10日　初版第1刷発行

著　者　上《か》遠《ど》野《の》浩《こう》平《へい》

発行者　深澤健一

発行所　祥《しょう》伝《でん》社《しゃ》

〒101-8701

東京都千代田区神田神保町 3-6-5

☎ 03(3265)2081(販売部)

☎ 03(3265)2080(編集部)

☎ 03(3265)3622(業務部)

印　刷　萩原印刷

製　本　関川製本

ISBN4-396-20823-5　C0293